희망으로 행복을 쓰다

희망으로 행복을 쓰다

초판 1쇄 인쇄	2014년 10월 20일
초판 1쇄 발행	2014년 10월 27일

지은이   정 일 영
펴낸이   손 형 국
펴낸곳   (주)북랩
편집인   선일영   편집   이소현, 김아름, 이탄석
디자인   이현수, 신혜림, 김루리, 추윤정   제작   박기성, 황동현, 구성우
마케팅   김회란, 이희정
출판등록   2004. 12. 1(제2012-000051호)
주소   서울시 금천구 가산디지털 1로 168, 우림라이온스밸리 B동 B113, 114호
홈페이지   www.book.co.kr
전화번호   (02)2026-5777   팩스   (02)2026-5747

ISBN   979-11-5585-373-3 03810(종이책)   979-11-5585-374-0 05810(전자책)

이 도서의 국립중앙도서관 출판예정도서목록(CIP)은 서지정보유통지원시스템 홈페이지(http://seoji.nl.go.kr)와
국가자료공동목록시스템(http://www.nl.go.kr/kolisnet)에서 이용하실 수 있습니다.
(CIP제어번호 : CIP2014030012)

희망으로 행복을 쓰다

정일영 지음

북랩 book Lab

소중한 당신께 희망을 전하며

많은 망설임 끝에 이 책을 준비했습니다.

우리 직원 여러분들과 3년이 넘게 매주 주고받은 편지를 모은 책입니다. 그 중에서 누구나 함께 공감할 수 있는 약 70여 편을 추렸습니다. 사회생활을 하시는 모든 분들, 특히 젊은 직장인들에게 도움이 되었으면 합니다.

어느 조직이든 그 조직이 추구하는 가치와 목표가 있습니다.

이를 어떻게 달성할 것이며, 개인은 조직 속에서 어떻게 살아야 할지, 무엇이 진정 행복하고 성공한 삶인지를 고민하며 편지를 썼습니다. 평범해보이지만 그 속에 삶의 진리가 있다고 생각합니다.

함께 변화와 혁신에 도전하면 행복합니다.

이사장으로 재직하던 3년 동안 직원 분들과 한마음으로 세계 최고기관을 꿈꾸며, 국민의 안전과 행복을 위해 쉼 없이 달려와 큰 성과를 이루었습니다. 같은 꿈을 꾸는 아름다운 동반자가 되어 준 직원 여러분, 정말 감사합니다. 더욱 힘찬 희망의 날개로 비상하십시오.

소박하고 부끄러운 글들입니다.

하지만 이 글들이 독자 여러분들께 하나의 작은 감동과 울림이 되어 우리 사회가 좀 더 희망차고 행복해지길 소망합니다. 원고를 정리하느라 애써 주신 조성진 차장, 이재면 차장, 황경승 과장께 깊이 감사드립니다.

정 일 영

경제학 박사 · 인문학(Human Science) 명예박사

첫 번째 이야기 | Together

함께! 희망을 싹틔우다

한줄기 빛이 어둠을 몰아내듯 • 016

꿈을 나누고, 희망을 키워갑니다 • 019

희망! 행복의 조건 • 021

나눔, 더 큰 행복의 시작 • 023

나눌수록 밝아지는 희망의 빛 • 025

희망찬 조직을 만드는 인사 • 028

같이, 같은 목표를 향하여 • 030

소통의 아름다움 • 032

함께해야 이룰 수 있다 • 034

꿈을 향한 아름다운 동반자 • 036

일하는 이유 • 038

배려하는 마음으로 • 040

나눔은 행복을 향한 나침반 • 042

치약, 어떻게 짜세요? • 044

당신은 성공할 사람입니까? • 046

함께 일한다는 것 • 048

타임머신을 바라나요? • 050

신뢰, 마음을 움직이는 힘 • 052

리더가 되고 싶으세요? • 054

앞에서 끌고 뒤에서 밀어주고 • 056

변화! 더 큰 행복의 기회

더 높고 더 넓게 생각하기 • 060

잘 비워야 잘 채울 수 있다 • 062

독수리에게서 배우는 지혜 • 064

메모하는 습관 • 066

생각의 폭을 넓히는 독서 • 069

변화의 시작, 다르게 생각하기 • 071

현장에 답이 있다 • 073

고객의 눈높이에 맞게 • 075

성공하는 사람들의 습관 • 077

갑과 을이 아닌 우리 • 079

청렴을 넘어 고객감동으로 • 081

낯선 것에 반갑게 가까이 • 083

거꾸로 생각하기 • 086

세계 최고의 택시기사 • 088

새로움에 도전하는 힘 • 091

반반일 땐 긍정적인 쪽으로 • 093

태풍을 이긴 사과 • 095

영원한 일등은 없다 • 097

세 번째 이야기 | **Challenge**

도전! 열정의 바다로 나아가다

열정의 바다로 • 102

유쾌! 상쾌! 통쾌! 파이팅! • 105

세계 최고, 꿈이 아닌 현실 • 107

봄꽃이 피는 이유 • 109

나도 선배가 될까? • 111

내일을 준비하는 쉼터, 장마 • 114

자신을 사랑해야 남을 사랑할 수 있다 • 117

혁신을 이끄는 배려와 소통 • 119

함께 계속 걸어 갑시다 • 121

처음 가는 길 • 123

최고가 되기 위한 필수조건, 우리의 WILL! • 125

밀물은 반드시 들어옵니다 • 127

끝없는 도전 • 129

달리기 시합 • 131

우연을 얼마나 믿으세요? • 133

네 번째 이야기 | Happiness

행복! 희망의 날개로 여행하다

마음이 쓰는 편지, 행복 • 138

오늘을 잡으세요! • 141

1년 전 고민을 아직 계속 하세요? • 143

으름이 가져다 준 행복 한 톨 • 146

시작하는 이들에게 전하는 말 • 148

가장 중요한, 가장 잊기 쉬운 것 • 151

행복하기 좋은 날 • 154

반가울 때 반갑다고 • 156

성공하는 인생의 보증수표 • 158

좋아하는 일을 하고 계신가요? • 160

반드시 좋은 일이 생깁니다 • 162

긍정의 나비효과 • 164

밝고 꿋꿋하게 살아가기 • 166

인생을 결정하는 차이 • 168

감사하면 행복해진다 • 170

운이 좋았다고 감사하기 • 172

작은 희망이 큰 행복으로 • 174

절대로 포기하지 마세요!

큰 희망이 큰 사람을 만든다.
산은 오르는 사람에게만 정복된다.

— 토마스 풀러

희망만이 인생을 유일하게 사랑하는 것이다.

— '위대한 개츠비' 중에서

힘은 희망을 가진 사람들에게 주어지고,
용기는 가슴속의 의지에서 일어나는 것이다.

— 펄 벅

첫 번째 이야기 | Together

함께!
희망을 싹틔우다

한 줄기 빛이 어둠을 몰아내듯*

여러분은 깊은 어려움에 빠져 앞이 안보이고, 좌절과 실의 때문에 모든 것을 포기하고 싶었던 적이 있나요? 마음 깊은 곳에 절절히 베어든 고독과 실망을 느껴본 적이 있나요? 살다 보면 마냥 행복할 수는 없지요. 가슴 깊이 저미는 애절하고 굳게 닫힌 답답한 마음을 열어 줄 수 있는 건 무엇일까요?

그것은 바로 작은 희망입니다. 한줄기 빛이 어둠을 몰아내듯이 작은 희망을 붙잡는다면 어두운 우리 마음을 다시 환하게 밝힐 수 있습니다. 작은 희망의 씨앗을 소중히 마음에 심고 싹 틔운다면 좌절과 어려움을 물리치고 큰 희망과 행복의 꽃을 피울 수 있을 겁니다. 개인과 조직 모두 마찬가지입니다.

아무리 어려워도 희망을 붙잡고 또 붙잡아 키워나갑시다. 살면서 개인적으로나, 조직이나 국가적으로 항상 잘 되고 즐거울 수는 없습니다. 반드시 어려움이 닥쳐오고 좌절과 실망을 할 때가 더 많이 생깁니다. 그럴 때 우리를 지탱해 주고 진가를 발휘하는 것은 작은 희망입니다. 많은 우리 부모님 세대에게는 자식이 희망이었습니다. 식민지배와 한국전쟁 후 매우 궁핍한 가난의 시기를 견디게 해 준 힘은 배고픔에 지쳐 품안에 잠든 어린 자식이었고, 자식에게만은 가난을 물려주지 않겠다는 굳은 의지였습니다. 여러분에게 희망을 주는 것은 무엇입니까? 희망이 있다면 어려움을 헤쳐 나갈 수 있습니다. 하지만 희망이 없이는 작은 어려움도 넘어서기 벅찹니다. 희망은 우리를 용기 있고 담대하게 해 줍니다.

개인이든 조직이든 발전하고 성공해서 부를 축적하고 소위 잘나 가게 될 때가 가장 위험합니다. 역사 속에 많은 강대국이 그랬고, 자만에 빠졌던 거대기업도 그랬습니다. 모든 일이 평탄하고 쉽게 해결되어 큰 부와 성공을 갖게 되었을 때, 더 이상 희망을 간구할 필요조차 없다는 자만에 빠져 있을 때, 그 개인과 조직의 운명은 밝지 못했습니다. 그러나 아무리 절망적인 상황에 처해 있더라도 희망의 씨앗을 버리지 않고 꽃 피운 개인과 조직, 민족은 되살아 나 성공하고 발전할 수 있었습니다. 한강의 기적을 이룬 우리 민족과 수천 년 동안 유랑과 고통의 시기를 겪었던 유대 민족이 그 렇습니다.

희망을 잃지 않고 꿋꿋하게 전진하는 개인과 조직은 반드시 성공합니다. 우리 공단도 많은 어려움이 있습니다. 우리 함께 우리 가 처한 어려움을 힘을 합치고 큰 희망을 붙잡아 이겨냅시다. 더욱 희망찬 우리 공단, 더욱 행복한 우리 개개인이 됩시다. 희망이 활짝 꽃피는 행복한 가정, 희망의 새 시대를 만들어 나갑시다. 도전과 열정으로 우리가 스스로 희망의 증거가 됩시다.

● 절망과 희망, 한 글자 차이지만 정반대의 뜻을 가진 단어입니다. 똑같은 일을 겪고 절망에 빠지는 사람이 있는가 하면 희망을 찾아보는 사람도 있습니다. 절망을 딛고 희망을 찾을 때 비로소 행복은 찾아옵니다. 어쩌면 희망은 절망의 끝자락에서 발견할 수 있는 소중한 가치가 아닌가 싶습니다. 암 말기 환자가 꼭 살아보겠다는 의지로 암을 극복한다거나, 국가 부도 위기 속에서 국민들이 작은 힘을 모아 위기를 극복한 사례 등의 기반에는 희망이 있지 않았을까요. 오늘 하루도 희망차게 살아보리라 다짐해봅니다. (from KDY)

꿈을 나누고 희망을 키워갑니다*

오늘 또 희망편지를 보냅니다. 이사장으로서 제 생각을 전국에 계신 직원 여러분들께 매주 전달하고자 시작한 희망편지가 어느새 일 년, 쉰 번이 넘었군요.

희망편지를 쓰는 것은 제가 여러분과 함께 소통하기로 한 소중한 약속이기에 한 번도 멈출 수 없었습니다. 여러분들과 제가 서로에 대해 잘 알면 알수록 하나가 될 수 있다고 생각하기 때문에 제 마음을 솔직하게 전달하기 위해 최선을 다하고 있습니다.

편지를 쓸 때마다 제가 생각하고 느끼는 점들을 정성껏 담기 위해 노력합니다. 저의 철학과 여러분들에 대한 생각과 사랑, 우리 조직의 미래를 편지에 담았습니다. 이 편지에는 저와 여러분들만이 공유할 수 있는 소중한 메시지가 담겨 있습니다.

다만 이 편지를 여러분들이 많이 읽어 주실까 걱정이 되기도 합니다. 바쁜 일과 때문에 못 보지 않을까 싶기도 하고, 1년 가까이 매주 보내는 편지다 보니 대수롭지 않게 생각하는 분들도 있을 것 같습니다. 그런 점에서 답장을 해 주신 분들에게 더욱 감사합니다. 여러분들과 제가 서로를 더 잘 알아가기 위한 편지인 만큼 궁금한 점이 있으면 물어주시고, 공감하는 부분은 표현해 주시면 그만큼 우리의 소통이 더 깊어질 거라 생각되네요.

쉰 한 번 째 편지를 쓰며 앞으로 좀 더 많은 생각과 진실한 마음을 담아서 여러분들에게 보내야겠다는 다짐을 해봅니다.

reply

● 소통은 상대에 대한 공감과 배려라고 생각합니다. 배려를 위해서는 공감이 선행되어야 하고, 공감을 위해서는 상대방에 대한 이해가 필요하고, 이해를 위해서는 관점의 전환이 필요합니다. 사람은 관점을 바꾸기가 무척 어렵지요. 그래서 고정관념이나 편견, 아집이 소통을 더 어렵게 하는 듯합니다. 마음을 열고 상대를 이해할 수 있도록 더 노력해야겠습니다. (from CML)

● 1년 동안 한 번도 빠짐없이 전 직원에게 편지를 쓰시는 일이 쉽지는 않으셨을 텐데……. 저도 매주 편지를 읽으며 많은 것을 배웠습니다. 가장 중요한 것은 편지로 서로 많은 부분을 알아갈 수 있었다는 사실입니다. 친한 사람끼리는 서로 눈빛만 봐도 많은 걸 알 수 있다고 하죠. 한 조직에서 최고경영자와 말단직원까지 진심을 다해 소통할 수 있다면 그보다 더 좋은 직장은 없을 것입니다. 앞으로 더 많이 소통하고, 더 많이 행복해지면 좋겠습니다. (from LSY)

희망! 행복의 조건 *

우리가 살아가며 꿈과 희망이 있을 때만 행복할 수 있습니다. 누구나 아는 명제이지만 종종 잊고 살 때가 많지요. 사람들이 행복을 느끼는 이유는 매우 다양합니다. 물질적인 풍요로움과 정신적인 만족감 등 여러 이유가 있겠지요. 하지만 행복을 느끼는 근본적인 이유는 바로 희망이 있기 때문이 아닐까요? 아무리 현재가 어려워도 희망이 있다면 우리는 그 속에서 행복을 찾을 수 있습니다.

희망을 갖고 목표를 향해 열심히 도전하는 우리가 되어야겠습니다. 현재에 안주하지 않고 변화해야 합니다. 반드시 목표를 달성해야만 행복해지는 건 아닙니다. 변화하기 위해 노력하는 과정에서 행복을 또한 느낄 수 있습니다. 희망을 갖고 열심히 일하고 노력하는 과정, 그 자체가 바로 행복이었다는 것을 시간이 흐르니 깨닫게 되더군요. 희망 없이 일한다면 힘든 노동이고 지루하기 짝이 없습니다. 인생도 마찬가지입니다. 어떤 환경 속에서도 희망을 잃지 않고 열심히 변화하고 도전하는 가운데 행복할 수 있습니다.

희망과 행복은 수치로 측정할 수도 없습니다. 돈이 많다고 희망이 더 많은가요? 소유한 것이 많다고 더 행복한가요? 넉넉하진 않아도 우리가 가진 것에 감사할 줄 알면 행복할 수 있습니다. 또한 감사할 때 더 큰 희망을 갖고 살아갈 수 있게 되지요. 우리 마음 속에 희망의 에너지를 가득 채우고 감사하며 살아갑시다. 열심히 일하며 변화하고 도전해서 행복해 집시다. 우리가 먼저 '희망과 행복 바이러스'가 되어 우리 주변을 더 따뜻하게 비추면 좋겠습니다.

reply

● '희망' 은 '행복' 과 동의어로 느껴질 정도로 아름다운 말입니다. 우리가 삶을 살아가는 데 희망이 없다면 행복 또한 더디게 찾아오겠지요. 더 좋은 일이 생길 거란 희망, 더 좋은 사람을 만나게 될 거란 희망, 더 높은 목표를 달성할 수 있을 거란 희망은 긍정의 에너지를 발산시켜 정말로 더 행복한 일들을 가져다 줄 것만 같습니다. (from KDY)

나눔, 더 큰 행복의 시작 *

우리가 사회를 이루고 살아가며 가장 필요한 것이 무엇일까요? 아마도 섬김과 배려, 그리고 나눔이 아닐까 합니다. 특히, 하루 중 대부분을 보내는 직장에서라면 더욱 그러할 것입니다.

좋은 자리, 상위직급에 계신 분들은 다른 많은 사람들로부터 양보를 받은 것이니 항상 감사하는 마음을 갖고, 상대적으로 좋지 않은 자리에 계신 분들과 조직을 위해 희생한 분들을 성심성의껏 도와드려야 합니다.

또 젊었을 때부터 오랫동안 자신의 모든 것을 일터에 바치고 헌신하며 정년을 앞둔 분들도 계십니다. 크든 작든 많은 업적을 남기신 분들입니다. 그분들의 명예와 자긍심을 존중해 드리는 것은 물론, 좋은 인연을 계속 이어가야 합니다.

몸이 불편하거나 개인형편이 다소 어려운 분들도 계실 것입니다. 충분한 배려를 통해서 어려움을 조금이라도 같이 나누고 도울 수 있는 방법을 찾아야 하겠지요. 바로 그것이 행복한 직장, 신나는 직장으로 가는 지름길입니다.

나아가 우리 사회의 어려운 이웃 분들께도 따뜻한 손길을 보냈으면 좋겠습니다. 조금씩 모은 성금을 전달해 드려도 좋고, 직접 찾아가 돌봐드리거나 청소를 해드릴 수도 있겠지요. 찾아보면 우리의 도움이 필요한 많은 일들이 있을 겁니다.

우리의 가정과 직장에서부터 서로를 배려하고 사랑하는 문화가 싹터서 우리 사회 전체로 널리 뻗어나가길 소망합니다.

reply

● 저는 배려라는 단어가 무척 마음에 듭니다. 제가 어려울 때 주변 동료들로부터 많은 도움을 받았기에 배려의 소중함을 잘 알고 있기 때문입니다. 지금은 틈틈이 사회 봉사활동을 하면서 행복하게 근무하고 있습니다. 봉사활동은 하면 할수록 저 자신에게 힘이 되고 마음이 정화되는 것 같습니다. 회사차원에서 봉사활동의 기회를 많이 만들어 더 많은 직원들이 참여할 수 있게 한다면 배려와 나눔의 문화가 더 빨리 정착될 수 있지 않을까 합니다. (from LJM)

● 경제이론이 사랑에 대해 설명할 때 '상호 의존적 효용함수' 라는 개념을 사용합니다. 얼핏 보기에 비합리적으로 보이는 사랑하는 연인에 대한 아낌없는 헌신이 실은 자신의 효용을 증가시키기 위한 행동이라는 것입니다. 나의 효용함수가 연인의 효용함수와 연계되어 있어, 연인이 행복해하면 나의 효용도 함께 증가한다는 것입니다. 나눔도 그런 것이라 생각합니다. 내가 가진 조그마한 정성이 전달됐을 때 행복해하는 이웃을 통해 나의 효용도 함께 증가하는 것. 연인이 내 삶에 없어서는 안 될 중요한 의미로 자리하고 있는 것처럼, 우리 이웃들도 그 존재 자체로 사회를 구성하는 공동체이기 때문입니다. 나눔은 나의 것을 덜어내는 것이 아니라, 나의 효용을 더 높여주는 것이라는 생각의 전환이 필요한 것 같습니다. 우리는 모두가 함께 의지하며 살아가는, 서로 연계된 효용함수를 가진 하나의 공동체이기 때문입니다. (from KDJ)

나눌수록 밝아지는 희망의 빛*

올바른 인사의 기준은 무엇일까요? 정답은 없겠지만, 저는 조직에 대한 기여도, 전문성, 다면평가나 청렴도평가 등의 평가결과, 동료 간 평판, 도덕성 등을 종합적으로 고려하고 있습니다. 승진서열도 중요합니다. 여러분들에 대한 많은 것이 그 안에 녹아 있기 때문이죠. 물론 정말 탁월한 능력으로 조직에 많은 기여를 한 분을 발탁할 수 있겠지요.

많이 없어졌지만, 여전히 조직이 크게 변한 것을 모르고 인사 청탁을 시도하는 분들이 가끔 있습니다. 저도 누군가 부탁을 해 왔을 때 들어주면 편하고 생색을 낼 수도 있겠지요. 하지만 그게 올바른 길은 아니지 않습니까? 일할 맛이 나는 신나는 조직을 만들기 위해선 인사가 바로 서는 것이 최우선입니다. 깨끗한 조직 문화는 스스로 만들어가야 합니다.

최근 기준에 따라 공정하게 인사를 했습니다. 승진하신 분들 중 다소 마음에 들지 않는 분이 있더라도 결정적인 하자가 없다면 인정하고 함께 가는 것이 바람직하다고 생각했습니다. 완벽한 사람은 없는 것입니다. 이번에 기회를 얻지 못하신 분들은 능력이 부족해서가 아니라 함께 가기 위한 잠깐의 기다림이라 여겨 주시면 좋겠습니다.

앞으로 더욱 마음을 열고 서로를 이해하려는 노력이 필요합니다. 간부들은 존경받는 리더십leadership을 발휘해야 하고, 아래로부터의 따뜻한 팔로워십followership도 필요합니다. 조직이란 모두 함께 같이 가는 것이고 문화도 함께 만들어 가는 것입니다. 우리 다 같이 함께 갑시다.

reply

● 인사철이다 보니 다소 어수선한 분위기입니다. 인사가 만사라는 것은 그만큼 중요하다는 거겠지요. 이번 인사결과에 대해서는 잘 정착되어가는 분위기라고 느껴집니다. 뜬소문과 비방이 아니라, 서로 축하해 주고 위로하고 또 격려하는 분위기가 확실히 자리 잡았습니다. 명확한 기준에 따라 충분히 소통하며 인사가 이루어지다보니 최근 몇 년간의 인사 중에 가장 잡음이 없고 공정했던 인사가 아니었나 싶습니다. 자동차는 2만 5천 여 개의 부품으로 이루어졌다고 합니다. 이 부품들 중 어느 것 하나 중요하지 않은 게 없듯이, 이번 인사가 모두 한마음으로 단결하는 좋은 계기가 되었으면 하는 바람입니다. (from LHS)

- -

● 춘추시대 송나라의 대부大夫 자한에게 한 농부가 밭에서 귀한 옥을 캐서 바쳤다고 합니다. 하지만 자한은 이를 물리치며 이렇게 말했습니다. "그대에겐 옥이 보물이지만, 나에게는 남의 것을 욕심내지 않는 마음이 보물이다. 만약 내가 이 옥을 받으면 당신도 보물을 잃는 것이고, 나 역시 보물을 잃게 되는 것이다." 이렇게 해서 생겨난 말이 '자한지보子罕之寶'라고 합니다. 이는 물질보다 더욱 소중한 보배를 의미합니다. 하지만 언론 보도를 통해 이처럼 소중한 보배를 잃어버린 사람을 종종 보게 됩니다. 한순간, 물질적인 부에 흔들려 자신이 평생 이룩한 소중한 보물을 한꺼번에 잃고 마는 것입니다. 특히, 인사와 관련해 부정한 청탁이나 뇌물을 받은 경우가 많은 부분을 차지하는 것 같습니다. 올바른 인사문화를 정착시키기 위해서는 조직원들의 의식개선이 중요하다고 생각합니다. 지금 당장의 승진을 위해 평생 자신의 평판을 뒷받침

할 '명예'라는 보물을 잃어버린다면 이것처럼 비효율적인 일은 없을 것입니다. 조직원들의 의식은 지속적인 교육이나 계몽활동을 통해 스스로 깨우칠 수도 있지만, 효과적인 제도를 통해 만들어질 수도 있을 것입니다. 인사 청탁이나 로비가 발붙일 수 없도록 강력한 처벌과 엄격한 모니터링 시스템이 갖춰진다면, 청탁에 따른 기회비용이 상승하고 구성원들이 더 청렴하게 행동하고자 하는 인센티브가 강하게 작용될 것입니다. 그동안, 이사장님과 직원들의 끊임없는 개혁과 혁신으로 우리 공단의 인사 시스템에는 많은 변화가 있었습니다. 직원들의 마인드 역시 그렇고요.

이번 인사를 보며 비록 전 승진하지 못했지만, 더 투명한 시스템이 정착되고 더 건전한 조직 문화가 우리 공단에 뿌리내리기 시작하는 것 같아 마음이 뿌듯합니다. 승진하신 분들이 승자가 아니라 더 공정한 인사 시스템을 만들어 낸 우리 직원 모두가 승자가 아닌가 생각합니다. 우리 직원 모두에게 축하의 말씀을 드리고 싶습니다. (from HKS)

희망찬 조직을 만드는 인사[*]

기업, 국가 등 어느 조직에서나 구성원들이 희망을 갖기 위해서는 인사人事가 정말 중요합니다. 말 그대로 '인사人事가 만사萬事'이죠. 그런데 인사를 하다 보면 '자리가 사람을 만든다'는 말도 많이 합니다. 그렇다면 누구라도 어떤 자리에 오르면 그 일을 할 수 있을까요? 이 말이 옳다면 굳이 적재적소適材適所에 사람을 잘 배치하려고 크게 고민하지 않아도 될까요? 사실 누구라도 어떤 직위에 오르면 일을 하고 조직이 어느 수준까지는 돌아가긴 합니다. 하지만 그 차이는 무엇일까요?

제가 30년 이상 직장생활을 하며 절실히 느끼는 인사의 기본 원칙은 최대한 전문성 있고 청렴한 인물을 리더로 세워야 한다는 것입니다. 조직이 5~10년 뒤에 성공하느냐, 망하느냐는 좋은 인재가 적재적소에 배치되어 부서장이 되고 최고경영자가 될 수 있느냐에 달려 있습니다. 인사가 잘되어 신뢰할 만한 리더가 세워지면 직원들이 꿈을 갖고 목표에 도전합니다. 그렇지 못하면 조직이 겉보기는 별 문제 없이 굴러가는 듯해도 쇠퇴할 수밖에 없습니다. 당장에 문제가 없어 보일지라도 학연, 지연, 인맥 등 비합리적인 요소가 인사에 영향을 줘서는 안 됩니다. 우리 조직에 희망찬 인사가 이루어져서 구성원들이 꿈과 희망을 갖고 일하는 보람찬 일터가 되도록 다 같이 노력합시다.

reply

● 조직 구성원 개개인이 청렴하고자 하는 의지를 가지고 일을 한다면 조직이 건강해지고, 건강한 조직은 좀 더 쉽게 목표를 달성할 수 있을 것입니다. 나의 청렴이 곧 조직의 청렴이라 생각하고 업무에 임하겠습니다. (from KDY)

같이, 같은 목표를 향하여 *

며칠 전 안산 원곡동에서 외국인 아이만을 대상으로 24시간 동안 운영하는 작은 어린이집을 방문했습니다. 피부색은 다르지만 꼭 껴안고 이야기하니 그들도 역시 맑은 동심으로 가득한 우리 아이들과 똑 같았습니다.

외국인 근로자의 아이만을 돌봐주는 어린이집이 있다는 것을 아는 분은 그리 많지 않을 것입니다. 외국 아이들에게까지 어린이집과 같은 수준의 복지를 제공하는 것은 쉽지 않을 것이란 생각도 해보았습니다.

하지만 우리나라에 사는 외국인이 120만 명에 달하며 다문화 사회로 변화하고 있는 현실에서, 그들을 보듬어주고 배려하는 것이 진정 선진국으로 나아가는 길이라는 생각이 듭니다. 다 함께 살아가며 얻어지는 사회의 다양성과 배려하는 문화는 앞으로 우리나라가 세계 중심국가로 성장하는 데 필요한 조건 중의 하나일 것 같군요.

조직도 마찬가지입니다. 직장생활에서 가장 신경 쓰이는 것은 업무가 아니라 함께 일하는 동료라고 하지요. 많은 사람들이 모인 만큼 서로의 차이를 인정하고 다양한 의견을 존중하는 관용의 마음가짐이 꼭 필요합니다. 그래야 건강하고 발전하는 조직이 될 수 있습니다. 배려심 없고 자기생각만 고집하는 직원이 많은 조직은 모래성처럼 쉽게 무너지고 말 것입니다.

밖으로는 상생과 나눔을 실천하고, 안으로는 한가족처럼 서로 아끼고 사랑하는 행복한 직장이 되도록 다 함께 노력해야겠습니다.

reply

● 천진난만天真爛漫, 동심, 때 묻지 않은 깨끗함, 다문화, 지구촌이라는 단어가 생각납니다. 사람들은 일이 바빠서 주위를 돌아보지 못하고, 봉사활동을 할 시간이 없다고 합니다. 하지만 결코 바빠서, 또는 시간이 없어서가 아니라 '마음이 없어서' 라는 말이 더 정확한 표현일 것입니다. 다시 한 번 반성하고 스스로를 돌아보는 시간을 가져봅니다. (from LJS)

- -

● 얼마 전, 친구들과 저녁자리에서 그런 이야기를 주고받았습니다. '어른이 돼 가는 걸 언제 느끼니?' 어떤 친구는 거울에서 흰머리가 보일 때라고 답했고, 또 다른 친구는 '야구 선수들의 나이가 대부분 나보다 어리기 시작할 때' 라고 답하더군요.

제 차례가 왔을 때 딱히 적당한 답이 생각이 나지 않아 그냥 얼버무렸습니다. 그리고 집에 와서 가만히 생각을 해 봤습니다. 언제일까?

그렇게 생각했던 적이 있습니다. 내가 이 세상의 중심이라고. 다른 이들은 내 삶의 조연이고, 결국 내 인생 극장을 위해 살아가는 삶일 뿐이라고. 그러다 언제부터인가 '그들도 그들 삶의 주인공' 이라는 생각이 들기 시작했습니다. 나만큼이나, 어쩌면 나보다 더 치열하게 그들의 목적을 이루기 위해 살아가고 있으며, 그 누구보다 자신의 삶을 사랑하는 사람들이라고.

그때부터인 것 같습니다. 제가 철이 들기 시작했다고 느낀 건. 내 인생이 소중한 만큼 다른 사람의 인생도 소중하고, 내가 배려 받아 마땅한 사람인 것처럼 그들도 그럴 권리가 있다는 것을 느끼기 시작한 순간.

어쩌면 저에게 '배려' 는 제가 성인이 되기 위한 관문이었는지도 모르겠습니다. (from KYJ)

소통의 아름다움*

직장생활을 잘 하는 비결은 바로 소통疏通에 있습니다. '상사와 소통하면 인정을 받고, 동료와 소통하면 사랑을 받으며, 부하와 소통하면 존경을 받는다'는 말이 있지요.

소통은 관심과 감사의 표현입니다. 진심으로 상대방을 존중하며 맺은 관계는 쉽게 변하지 않고 항상 생각나게 마련입니다. 상대방에 대한 관심과 함께 감사하는 마음을 갖는 것이 가장 중요하다고 생각합니다. 저도 항상 소통을 잘하는 방법에 대해 고민하지만 여전히 가장 어려운 숙제입니다.

그래서 전국에 근무하는 직원 여러분들과 함께 지역 명산에 'TS 오르고' 행사를 마련했습니다. 산은 혼자 가도 좋지만, 여럿이 함께 가면 더 좋기 때문입니다. 모두 함께 목표지점에 끝까지 올랐을 때 느끼는 성취감과 하나가 되는 기쁨은 그 무엇과도 비교할 수 없는 진정한 관계를 만들어 줍니다. 더 좋은 것은 산을 내려오면서인데, 함께 같은 목표를 향해서 땀 흘렸다는 동료의식이 산을 오르기 전보다 훨씬 친밀하게 해 주지요. 하산 후 막걸리 한잔을 하며 편하게 이야기를 나누는 시간이야말로 사람들이 등산을 좋아하는 또 다른 이유가 아닐까 합니다. 직원들 간의 소통에 이보다 더 좋은 방법도 없을 것 같네요.

부디 부담 없이 친한 동료들과 가볍고 즐겁게 운동한다는 마음으로 오시면 좋겠습니다. 저도 신나고 즐거운 마음으로 함께 하겠습니다.

reply

● 저는 지난 연말 전보인사 때 본사로 오게 되었습니다. 입사 이후 계속 자동차검사소 현장에서만 근무한터라 본사 근무가 어색했고 업무도 힘들었습니다. 하지만 이런 저에게 부서장님 이하 모든 분들이 따뜻한 관심과 배려를 해 주셔서 잘 적응하고 있습니다.

제가 이번 달 '감성충전' 공연 관람 대상자가 되었다는 뜻밖의 소식도 들었습니다. 이 영광을 아내와 함께 하려고 했으나 연애 7년, 결혼 8년 동안 극장 외에는 문화적 혜택을 누려본 적이 없는 터라, 고민 끝에 아이들이 제일 좋아하는 파워레인저 공연을 선택하여 즐거운 시간을 보냈습니다. 업무는 물론 가정도 챙겨주는 회사, 정말 감동입니다. (from PJD)

함께해야 이룰 수 있다*

첫 번째 사례입니다. 한 달 전쯤 한 여직원이 저에게 메일을 보내왔습니다. 자동차검사소에서 접수를 담당하는 직원들의 고객만족교육이 있는데, 제가 그 자리에 참석해서 이야기도 나누고 저녁에 삼겹살도 사 달라는 내용이었지요. 처음엔 선약 때문에 참석을 못할 것 같아서 고민하다가, 지난주 선약을 변경하고 참석을 했습니다. 정말 잘 갔다는 생각이 들더군요. 먼 곳에 근무하는 그 여직원이 알려주지 않았다면 또 언제 이분들과 얼굴을 보며 대화하고 함께 즐거운 식사도 할 수 있었을까요?

두 번째 사례입니다. 어느 직원으로부터 체육대회와 관련한 메일을 받았습니다. 행사 중에 댄스경연대회가 추진되는데 일부 부서에서 선임들이 모두 빠지고 신입 여직원들이 할 수 없이 대회에 참여하게 되어 고민이 많다는 내용이었지요. 확인을 하고 바로 고치도록 했습니다. 체육대회는 모든 직원들이 편하고, 즐겁게, 신나게 운동하면서 그동안 쌓인 스트레스를 푸는 자리가 되어야지요. 직원들을 힘들게 하고 스트레스를 준다면 의미가 없을 겁니다.

세 번째 사례입니다. 한 지역본부에서 지난해 있었던 한 사람의 부당업무 때문에 그 이후 전입한 사람들을 포함한 부서 전체가 내부평가 점수를 낮게 받을 수밖에 없다는 내용이었습니다. 이 또한 문제가 있어 사실여부를 확인한 후 조치하도록 했지요. 부당하게 손해를 보는 사람이 없도록 내부평가제도에 좀 더 신경을 써서 운영해 나가야 할 것입니다.

　소개한 세 가지 사례는 여러분과 제가 잘 소통한 좋은 예라고 생각합니다. 소통을 잘하면 공감대가 생기고, 불필요한 일과 부당한 업무지시가 사라지게 됩니다. 나아가 보람과 긍지를 느끼며 본연의 업무에 집중하게 할 것입니다. 또 그만큼 밝아진 조직 분위기는 국민들에게 더 좋은 서비스를 할 수 있게 하겠지요. 말단 직원부터 간부들까지 격의 없이 소통할 수 있는 열린 문화를 만드는 일, 바로 우리 조직이 건강하게 발전하는 밑거름이 될 것입니다.

reply

● 직원들이 이사장님께 이메일을 보내 삼겹살을 사달라고 하고, 예전 같으면 부서 내에서 쉬쉬하였던 일들을 스스럼없이 이야기하며 해결책을 찾는 모습들……. 조직 문화가 참 많이 달라졌음을 느낍니다. 이런 소소한 이야기들을 이사장님께서 아시고 또 해결책을 제시하셨다는 것 자체가 우리 조직이 변화하였고 소통이 잘 이루어지고 있다는 증거일 것입니다.

　어제는 자동차검사 대수가 꽤 많았습니다. 비가 내려서 고객들도 많이 불편했고요. 하지만 그날은 그 어떤 날보다 기분 좋은 날이 되었습니다. 소장님께서 오늘 고생하였다고 막걸리 한잔을 사주신 것입니다. 업무를 마치고 정문 앞 조그마한 식당에서 부추전, 돼지두루치기와 함께 막걸리 한잔을 곁들였습니다. 아주 맛있게 먹고 이런저런 애기를 하면서 즐거운 시간을 보냈습니다. 사소한 일이지만 소통은 바로 이런 작은 것에서부터 시작되는 것이겠지요. 정말 기분 좋은 하루였습니다. (from KJH)

꿈을 향한 아름다운 동반자*

얼마 전 자동차검사소 현장에 바람막이 설치현황을 살펴보고 마음이 좋지 않았습니다. 작년 겨울, 현장을 찾았을 때 추운 날씨에 힘들게 일하는 직원 여러분들을 뵙고 검사진로에 바람막이를 설치하도록 지시했습니다. 그런데 우선순위에서 밀려 설치가 거의 되지 않았더군요.

지시가 제대로 시행되지 않았다는 실망감보다도 칼바람을 맞으며 현장에서 일하는 직원 여러분들에게 너무 미안했습니다. 급히 일부 현장에 바람막이를 설치하도록 지시하고, 늦어도 내년까지는 모든 현장에 설치를 마치도록 하였습니다.

이는 한 예일 뿐입니다. 현장을 위한 지원은 무엇보다 우선되어야 합니다. 본인이 근무하지 않아서 모른다면 직접 현장에 가보면 됩니다. 문제가 있는데 미루다가 즉흥적인 대안을 만들지 말고, 장단점을 분석해 합리적인 대안을 만들어야 합니다.

고래는 움직이기 힘들거나 불편한 동료를 절대 버리지 않는다고 합니다. 오히려 다친 고래가 움직일 수 있도록 도와주고, 먹이를 구해준다고 하지요. 다친 동료는 짐이 아니라 남은 여정을 함께 가야 할 소중한 동반자이기 때문입니다.

현장에서 고생하는 직원들을 형제, 가족처럼 생각하고 더욱 아껴주십시오. 그래야 추운 날씨에도 국민께 더 열심히 봉사하고, 우리 조직이 하나로 뭉쳐 더 큰 힘을 발휘할 수 있을 것입니다. 우리 더욱 단합하고 서로를 아껴 줍시다.

reply

● 조직은 여러 개의 톱니바퀴와 같다고 생각합니다. 현장에서는 고객들과 직접 마주하며 재화와 용역을 제공하고, 운영부서는 현장의 직원들이 더 효과적으로 고객서비스를 제공할 수 있도록 제도적으로 뒷받침해 주며, 홍보부서는 이러한 조직의 활동을 효과적으로 국민들게 알립니다. 이 모든 톱니바퀴들이 함께 맞물릴 때 조직은 성과를 낼 수 있을 것입니다. 지금 나의 톱니바퀴는 제대로 물려있는지, 그래서 동료들이 원활히 활동할 수 있도록 적절한 지원을 제공하고 있는지 다시 한 번 되짚어 보게 되는 아침입니다. (from JSY)

- -

● You go, We go!
'네가 가면, 우리도 간다' 라고 번역할 수 있을 것 같습니다.
1991년 론 하워드 감독의 작품 〈분노의 역류Backdraft〉에서 나온 대사입니다. 대형화재 현장에서 소방관인 주인공(커트 러셀)이 추락하려는 동료 A의 손을 아슬아슬하게 잡습니다. A는 자신을 구하려다 모두 죽을 수 있다는 위급함에 자신의 손을 놓으라고 소리칩니다. 그때 주인공이 동료에게 건넨 대사가 바로 'You go, we go' 입니다.
당시 중학생이었던 제게 영화는 감동 그 자체였습니다. 주인공의 대사 한 마디 한마디와 행동 하나 하나가 롤 모델로 삼고 싶을 만큼 멋지게 느껴졌습니다. 하지만, 무엇보다 가장 가슴을 먹먹하게 했던 점은 바로 저 대사. 그리고 그 중에서도 'WE' 라는 단어였습니다. 우리! 희망편지를 읽으며 다시 한 번 '우리' 라는 단어를 되새겨 봅니다. 같은 조직에서 같은 목표를 향해 함께 고민하는 나에 동료. 너와 내가 아니라, 본사 근무자와 지역본부 근무자가 아니라, 행정 직렬과 기술 직렬이 아니라, '우리' 임을 잊지 말아야겠습니다. (from HGS)

일하는 이유*

저는 아들, 딸 남매를 두고 있습니다. 이 둘이 서로 다르면서도 한 가지 공통점이 있습니다. 바로 무엇을 시킬 때, 특히 공부를 하라든지, 어디에 가야 한다든지 할 때에 무조건 시키면 반발하고 열심히 하지 않더군요. 제가 해외에 근무할 때 아이들이 함께 외국생활을 해서 그런지 심부름이건, 공부건, 가족행사에 가야하건 무슨 일을 하든지 간에 그 이유와 상황을 설명해야 훨씬 더 열심히 하고 불평이 없습니다. 이런 모습을 보며 집에서든 사회에서든 어떤 일을 할 때는 함께 일하는 사람들에게 그 이유를 분명하게 설명하는 것이 중요하다고 생각합니다.

제가 공단 CEO로서 일할 때에도 우리 공단이 추구해야 할 비전, 미션, 목표, 핵심가치 등을 직원 여러분들과 잘 공유하기 위해 많은 노력을 기울이고 있습니다. 그 이유는 우리가 하는 일의 가치를 알고 일하는 것과 모르고 하는 것은 너무나 큰 차이가 있기 때문입니다. 그냥 먹고 살기 위해서 하는 일이라고 생각하면 고된 노동일 수도 있지만, 가치를 부여하면 숭고한 사명이 됩니다.

우리가 하는 일은 일 년에 오천 명이 교통사고로 사망하는 현실을 바꿔 생명을 살리는 일입니다. 정말 대단하지 않나요? 작년에 교통사고를 10% 가량 줄였으니 우리가 오백 명을 살린 셈입니다.

그 고귀한 생명이 여러분이 하는 일 덕분에 오늘 우리와 함께 숨 쉬며 살고 있습니다. 얼마나 소중한 일인지요.

내가 왜 이 일을 하고 있는지 생각해보는 한 주가 되면 좋겠습니다.

reply

● 소명의식을 가지고 일을 하는 게 참 중요한데, 가끔은 그걸 잊을 때가 있었습니다. 우리 공단이 교통사고로부터 우리 국민의 생명을 지키는 일이라는 것, 지금 제가 정말 중요한 일을 하고 있다고 느꼈고 더욱 열심히 일해야겠다고 다짐하게 되네요. 이번 한 주도 열심히 일하겠습니다! (from KBM)

배려하는 마음으로 *

2011년 일본 대지진에서 전기가 끊기자 암흑으로 변한 호텔 로비에서 우동 몇 그릇을 가지고 수십 명이 서로 양보하면서 뒤로 돌리는 '양보 릴레이'가 벌어진 일, 희생자 가족들이 '내가 울면 더 큰 피해를 당한 이들을 어렵게 한다'며 감정표현을 자제한 일 등이 전해진 것이 기억나네요.

일본인은 어릴 때부터 철저한 교육을 통해 항상 규칙과 질서를 지키고 남을 배려하는 것이 몸에 배어있다는 것인데요, 실제로 교통선진국인 일본은 이 같은 '민폐 끼치지 않기'가 도로 위에서 양보운전과 방어운전이라는 모습으로 나타나는 것 같습니다.

운전을 하다 보면 정체되다가 조금씩 움직여 나아가 보면 차 두 대가 경미한 접촉사고가 나서 운전자들이 다투는 것을 종종 보게됩니다. 도로 위에서 '나만 잘하면 된다'는 결코 성립할 수 없습니다. 다 함께 사고를 피하기 위한 노력이 있어야 합니다. 사실 교통사고는 당사자도 피해를 보지만 다른 사람들에게 예기치 않은 불편을 주게 됩니다. 가뜩이나 도로가 막히는 출퇴근길에 사고차량 때문에 더 지체되는 상황을 생각해보십시오. 그 사고로 인해 선량한 다른 많은 시민들이 피해를 보지 않습니까?

같은 도로 위를 달리고 있는 모두의 안전을 먼저 생각하는 마음이 지금 우리 조직과 사회에도 매우 필요합니다. 특히 상대방에 대한 배려와 다른 사람의 실수도 감싸는 포용력이 절실합니다. 내가 먼저 규칙을 지키면서 주위에 폐를 끼치지 않도록 노력하되, 다른 사람이 잘못을 했을 때 이를 감싸주고 피해가 더 커지지 않게 막아주는 포용의 마음을 가져주기 바랍니다.

reply

● 업무 중에 장기간 무사고 운전을 하시는 모범운전자와 운수회사를 발굴하여 포상하는 일이 있습니다. 매년 느끼지만 모범운전자 분들이 운전을 대하는 자세는 정말 본받을만한 것 같습니다. 비사업용보다 운행거리가 4배나 긴 버스, 택시, 화물차를 많게는 40년 가까이 무사고 운전을 해 오신 분들을 가까이에서 보면, 행동에 성실성이 묻어있고 다른 사람을 배려하는 태도가 몸에 배여 있습니다. '승객을 가족처럼' 이 헛말이 아닌 것이죠. 한 분야에서 달인의 경지에 오른 모습 그대로입니다. 그분들이 말하는 무사고 운전의 비결은 특별한 게 아니라 그저 규정을 잘 지키고 양보운전, 방어운전을 하는 거라고 합니다. 또 어느 모범운수회사의 사장님께서는 운전자를 채용할 때 경력이나 운전 실력보다 인성을 더 중시한다고 하십니다. 자동차보다 사람을 먼저 생각하고 기사 분들의 복지에도 많은 투자를 하니, 사고가 줄어들 수밖에 없다고 하네요.

저는 이러한 모습에서 결국 가장 중요한 것은 '사람' 이란 생각을 합니다. 교통문화가 하루아침에 바뀌기는 어렵겠지만, 제 자신부터 배려운전을 실천하고 있습니다. 업무에서도 진심으로 사람들을 대하니 기분도 좋아지고 서로 웃을 일만 생기더군요. 이런 작은 행동들이 모여서 큰 변화를 가져오는 것이겠지요.
오늘 하루도 배려하는 마음으로 열심히 일하겠습니다. (from LSH)

나눔은 행복을 향한 나침반 *

지난주 안산에 사회복지관에서 사랑의 김장나누기에 참여했습니다. 어려운 지역 주민들에게 나눠 줄 김치를 담그는 행사였습니다. 매년 하는 김장이지만 봉사현장은 항상 활기가 넘쳐 무척 즐겁습니다.

하지만 이러한 봉사활동을 할 때마다 정말 어려운 분들의 고충을 이해하고 도움이 되는 활동을 하고 있는지, 아니면 그저 사진 찍고 홍보하기 위한 행사를 하는지 자문하게 됩니다. 순수한 마음으로 시작한 활동이 의도치 않게 변질되기도 하기 때문입니다. 그래서 항상 초심으로 돌아가, 어려운 이웃의 아픔을 위로하고 돕는 활동을 하고자 매번 마음을 다잡습니다. 직원 여러분들께서도 주변의 어려운 분들을 보살피고 돕는 일에 많이 참여하시면 좋겠습니다. 의무가 아닌 마음에서 우러나와서 말이지요.

나눔은 단순히 우리가 가진 것을 남에게 베푸는 것이 아닙니다. 내 것을 상대와 함께, 그리고 상대의 것을 나와 함께 공유하는 것입니다. 서로의 마음을 이해하고 소통하는 과정에서 사회 공동체와 내가 하나가 되어가는 과정입니다.

모임과 행사가 많은 연말입니다. 물질적인 것만이 아니라 함께 걸어주고, 이야기를 들어주며, 원하는 것을 함께 바라봐 주는 진실한 나눔을 실천하는 연말이 되면 좋겠습니다. 나눔은 우리 모두를 행복으로 이끄는 나침반임을 기억해 주시기 바랍니다.

---

reply

● 따뜻한 마음이 주변을 밝히고 훈훈하게 만드네요. 촛불이 자기의 몸을 태워 주변을 밝히듯이 우리 모두의 가슴에 훈풍이 불어 우리 사회가 발전하는 그런 날이 되길 기원합니다. (from CYH)

- -

● 어려운 이웃에게 도움을 주는 것에 반감을 갖고 있는 사람은 아마 거의 없을 것으로 생각합니다. 문제는 그 방법이 되겠지요.

제가 제 주위사람들에게 우리 공단의 사회공헌활동을 자랑스럽게 이야기할 수 있는 이유도 그 방법이 진정한 의미의 나눔에 상당히 수렴해 있기 때문입니다.

이사장님 취임 이후 우리 공단의 사회공헌활동은 단순히 물품이나 금액을 지원하는 것을 넘어, 우리 공단이 가지고 있는 재능을 기부하는 것으로 확대되어 왔습니다. 백령도처럼 자동차정비를 받기 어려운 도서지역에 이동식검사차량을 이용해 자동차무상점검 서비스를 제공하고, 부항리와 같은 산간지방에는 농기계 안전을 위해 후부반사판을 직접 부착해 주고 있습니다.

형식적인 선물전달이 아니라, 우리가 가장 잘할 수 있는 분야의 일을 어려운 이웃에게 제공해 주고 있는 것이지요. 우리의 전문성을 활용해 어려운 이웃에 도움을 주니 직원들도 더 적극적으로 봉사활동에 참여하고, 수혜자 입장에서도 자신이 필요한 서비스를 전문가로부터 직접 제공받을 수 있으니 더욱 큰 혜택을 받을 수 있는 것이고요.

진정한 나눔은 이런 것이라 생각합니다. 주는 사람의 입장에서 주고 싶은 것을 주는 것이 아니라, 수혜자의 입장에서 그들이 원하는 것을 최고의 서비스로 제공해 주는 것. 바로 그런 사회공헌활동을 하고 있는 우리 공단의 직원임이 너무 자랑스러운 하루입니다. (from HKS)

치약, 어떻게 짜세요? *

부부가 생활하다 보면 사소한 일로 다투게 되는 경우가 있습니다. 특히, 신혼 때 많은데 저도 마찬가지였죠. 바로 '치약 짜기'때문이었습니다. 치약을 짤 때 밑에서부터 차례로 짜는 사람이 있는가 하면, 가운데를 푹 눌러 용기가 찌그러지게 쓰는 사람이 있지요. 성격의 차이지만 이걸로 다투기도 합니다.

어떤 집은 화장실 휴지가 말썽입니다. 휴지를 걸 때 내려오는 부분이 앞으로 오도록 거는 사람이 있고 반대로 뒤로 걸어야 만족하는 사람이 있습니다. 어떤 때는 옷걸이가 문제죠. 거는 방향이 앞으로 가야 편한 사람과 뒤로 가야 편하다는 사람이 있습니다. 각자 스타일이 다르죠.

문제는 자기 방식만이 옳다고 고집하는 사람입니다. 반드시 두루마리 화장지가 앞으로 내려와야 하고, 뒤로 걸면 마음에 안 들어서 꼭 고쳐놔야 직성이 풀리는 분들이 있습니다. 치약도 가운데가 움푹하면 보기 싫다고 하고요. 서로 다른 스타일을 받아들이지 못하고 틀리다, 옳지 않다며 싸웁니다.

직장에서도 마찬가지입니다. 부하, 상사, 동료 모두 각자 스타일과 일하는 방식이 다릅니다. 차이를 인정하고 관용과 화합 속에 시너지를 발휘하는 모습이 아름답습니다. 나만 최선이고 남은 틀리다는 독선은 조직에 위험합니다. 서로의 다름을 인정하고 화합하며 일할 때 더욱 신나고 즐거운 직장이 되지 않을까요?

reply

● 오늘 희망편지에서는 사람들이 직장생활을 하면서 가장 많이 생각하게 되는 것들을 이야기하신 듯합니다. 옳고 그름, 틀림이 아니라 '다름' 이라는 것…… 정말 간과하기 쉬운 점이죠. 저도 동료, 선배의 업무능력을 의심하며 지나치게 앞서나가려 했던 적이 있었습니다. 물론 직장에서는 일과 성과가 최우선이겠지만, 나 혼자가 아닌 조직 구성원 모두가 함께 일을 하고 있다는 더욱 중요한 사실을 잘 몰랐던 때였습니다. 시간이 흐르니 각자의 쓰임새가 있고, 누구나 장점이 있더군요. 저와 다른 방식으로 업무를 처리하는 직원이 더 높은 성과를 얻은 것도 많이 보았고요. 모두가 조직의 성과에 큰 영향을 미치고 있었습니다. 그때 것이 바로 조직에서는 서로의 차이를 인정하고 포용해야 한다는 것을 깨달았습니다. 인생 선배이신 이사장님께서도 강조하시는 걸 보니 아마 나이가 들수록 더 중요한 게 아닌가 합니다. 다시 한 번 명심하고, 모두가 화합하며 일할 수 있도록 노력하겠습니다. (from MSK)

● 학창시절 즐겨듣던 노래가 있습니다. '네모난 침대에서 일어나 눈을 떠보면, 네모난 창문으로 보이는 똑같은 풍경, 네모난 문을 열고 네모난 테이블에 앉아, 네모난 조간신문 본 뒤, 네모난 책가방에 네모난 책들을 넣고……. 지구본을 보면 우리 사는 지군 둥근데 부속품들은 왜 다 온통 네모난 건지 몰라. 어쩌면 그건 네모의 꿈일지 몰라.' (푸른 하늘, 〈네모의 꿈〉) 창조와 혁신, 변화가 조직의 성패를 결정짓는 요즘이지만, 여전히 '다름' 을 '틀림' 으로 간주하는 사회 곳곳의 편견과 선입견이 많은 듯합니다. 혁신은 '크리에이티브Creative' 가 전제되지 않고서는 불가능하다고 생각합니다. 나와 다른 생각을 가지고, 다른 언어를 쓰고, 다른 피부색을 지녔지만 서로 다양성을 인정하고 꿈을 공유할 때 '크리에이티브' 가 생겨날 수 있을 겁니다. 동그란 책들을 보고, 세모난 키보드를 두드리는 나와는 다른 동료들을 인정해 주는 조직문화 속에서 창조와 혁신, 변화와 개혁이 이루어질 수 있을 것이라 생각합니다. 다름을 인정할 줄 아는 조직문화. '네모' 의 흉계(?)를 막아내고 우리의 꿈을 이룰 수 있는 출발이 아닐까 합니다. (from JBY)

당신은 성공할 사람입니까?*

우리는 살면서 인생의 목표를 성공에 둡니다. 목표한 지위에 오르는 사람, 부를 축적하는 사람, 명예를 추구하는 사람, 건강하게 인생을 즐기길 원하는 사람 등 각자 추구하는 성공의 의미는 다양하지요.

일반적으로 우리가 성공했다고 말하는 사람들은 사회적으로 좋은 명성을 얻은 사람들일 겁니다. 과연 그들은 어떻게 성공했을까요? 성실하고 착하게 원칙대로 사는 사람이 성공할까요? 아니면 때론 나쁜 짓도 하고 이기적이지만 목표를 향해 독하게 달려가는 사람이 성공할까요?

세계적인 조직심리학자인 애덤 그랜트의 연구결과를 담은 책과 여러 사례를 종합해보면 성공의 피라미드의 정상에는 이 두 부류가 섞여 있다고 합니다. 이기적인 사람과 이타적인 사람, 모두 성공을 할 수는 있다는 거지요. 하지만 흥미로운 점은 앞으로의 세상은 선행을 베풀고 남을 배려하는 사람이 점점 더 많이 성공할거라는 예측입니다.

요즘 우리는 저명한 분들이 SNS^{사회관계망서비스} 때문에 곤혹을 치루는 것을 간혹 봅니다. 덮여있던 과거의 일들이 공개되고 잘못을 적당히 숨기고 넘어가기란 거의 불가능하지요. 그만큼 사회적 평판이 더욱 중요해 지고 있습니다. 급격한 IT^{정보통신기술}와 SNS의 발달이 가져온 놀라운 변화이지요.

목표를 향해 힘껏 달리되 정직과 원칙으로 페어플레이^{fair play}하며 이웃에게 베풀 줄 아는 사람들이 더 많이 성공하는 시대가 성큼 다가왔습니다.

---

reply

● '의좋은 형제' 라는 전래동화가 생각이 나네요. 추수를 마친 후 밤에 몰래 서로에게 볏단을 가져다주다가 마주친 형제가 부둥켜안고 가슴 뭉클한 우애를 확인했다는 아름다운 내용이지요. 형제간의 우애를 다룬 이야기가 오랫동안 입말을 통해 전해 내려오는 것은 우리 조상들이 가장 중요하게 여긴 덕목을 담고 있기 때문일 것입니다. 옛말 틀린 것 하나 없다고, 말씀하신 대로 베풀기 좋아하는 사람이 결국은 성공하는 것 같습니다. 당장은 손해를 볼지 몰라도 언젠가 알아주는 사람이 반드시 있게 마련이라고 생각합니다. '청렴' 이 무엇보다 중요한 덕목으로 부각되고, 각계각층의 리더들이 사회활동에 관심을 갖고 많은 투자를 하는 것도 같은 맥락이겠지요. 베푸는 사람이 점점 더 많아져서 밝고 아름다운 사회가 되었으면 합니다. (from LJJ)

함께 일한다는 것[*]

'링겔만 효과^{Ringelmann effect}'란 것이 있습니다. 집단 속에 참여하는 개인의 수가 늘어날수록 성과에 대한 1인당 기여도가 오히려 떨어지는 현상을 말합니다. 혼자 있을 때 100이라고 치면, 2명이 모이면 93, 3명이면 85, 8명으로 이루어진 그룹은 겨우 64정도의 힘만 발휘된다는 것이죠. 시너지효과의 반대 개념이라고 할까요.

이런 현상이 나타나는 것은 '나 하나쯤이야' 하는 익명성으로 숨는 의식, 책임분산 효과 때문일 것입니다. 개개인이 집단을 이루면 오답이어도 집단의 결정을 따라가는 성향을 보이고, 책임은 집단 전체에 분산되어 각 개인은 집단 뒤에 숨어버리는 현상이 나타나게 된다고 합니다. 이런 점이 악용되면 위원회가 만들어지고 위원회가 책임을 진다는 생각을 갖고 개인은 그 뒤에 숨어 무책임한 결정을 내리는데 참여하게 되는 것이지요.

이런 현상을 방지하고 팀워크를 향상시키려면 어떻게 해야 할까요? 무엇보다 책임을 함께 나눠야 한다고 생각합니다. 책임을 나누려면, 일에 대한 명확한 경계와 함께 권한도 나눠야 할 것입니다. 불공정하고 불명확한 업무지시가 아니라 함께 모여 토론하고 각자에게 분명한 역할과 책임을 부여하는 것입니다. 직급이나 선후배 관계가 아니라 업무로 역할을 명확히 하고 개인의 의견을 존중해 줄 때 집단으로서의 시너지효과가 발휘될 수 있을 것입니다.
성과를 공유해서 보상을 같이 공유하는 것도 필요하겠지요.

함께 일하는 법에 대해 다시 한 번 생각해보는 시간을 가져봅시다.

reply

● '나 하나쯤이야' 가 아니라 '나 하나부터' 라는 인식을 가져야 할 것 같습니다.
그것은 곧 책임감이라고 표현할 수 있겠지요. 공동의 목표를 명확히 하여 공유하
고 각자의 역할에 맞는 책임을 나눠가질 때 비로소 책임감이 싹틀 것입니다. 우리
의 일, 우리의 목표도 중요하지만 때로는 나의 일, 나의 목표에 대한 욕심과 집중
력, 추진력이 있어야 개인의 성장과 조직의 도약이 가능하지 않을까 생각해봅니
다. (from LJJ)

타임머신을 바라나요?*

저는 영화를 참 좋아합니다. 최근에는 시간여행을 다룬 영화를 연이어 보게 되었네요. 바로 〈어바웃 타임About time〉과 〈엣지 오브 투모로우The Edge of Tomorrow〉를 참 재미있게 보았습니다. 영화를 보며 '만약 우리가 초능력이 있어 과거로 돌아가 과거를 바꿀 수 있다면 얼마나 좋을까'생각해 봤습니다. 영화에서는 주인공이 과거로 가서 실수나 잘못한 일, 아쉬운 일을 바꾸어 놓죠. 그러면 현재의 삶이 영향을 받아 달라지게 되죠.

우리가 바쁘게 업무에 쫓기고 어떤 목표를 향해 정신없이 나아가다 보면 때때로 우리 자신을 잃어버릴 때가 있습니다. 주변의 변화에도 둔감해지고 사람들과 풍요로운 교제도 나누지 못한 채 무미건조한 인생을 보낼 수도 있지요. 깊은 우울함이나 상실감에 빠져 힘들어 지기도 합니다.

〈어바웃 타임〉의 주인공은 여러 번의 과거 여행을 거듭한 후에 한 가지 결론에 도달하지요. 실수를 고치기 위한 과거여행보다는 우리가 바로 지금 현재에 더 최선을 다해 살아야 한다고요. 과거로 돌아가 봐도 인생의 답은 비슷하다는 겁니다. 주변 사람들을 더욱 사랑하고 풀 한 포기, 나무 한 그루, 바람 한 결이라도 더 느끼며 여유롭게 있게 인생을 사는 게 더 중요하다고 말입니다. 바로 현재에 충실하고 모든 것을 잘 음미하며 감사하게 사는 것 말이지요.

reply

● '인생에서 가장 슬픈 세 가지. 할 수 있었는데, 했어야 했는데, 해야만 했는데.' 란 말이 있습니다. 인간은 현재에 만족하기 못하고 과거를 추억하며 또 다른 선택의 결과를 미화하는데 많은 시간을 쏟는 존재임을, 즉 항상 후회하며 살아가는 존재임을 나타내는 말입니다.

그러나 한번 지나간 과거는 다시 되돌릴 수 없습니다. 설사 과거로 돌아가 다른 선택을 할 수 있다 해도, 인간인 이상 또 다른 선택을 상상하며 후회하게 될 것입니다. 후회를 가장 빨리 만회하는 방법은 바로 현재를 충실히 살아가는 것뿐입니다. "내 인생에 후회 따윈 없다"는 말은 '비록 후회는 하겠지만 과거에 매달리지 않고 현재에 최선을 다하겠다'는 뜻일 것입니다.

지금 모든 일에 최선을 다하기. 그것이 후회하지 않는 인생을 사는 방법이 아닐까 합니다. (from KBM)

신뢰, 마음을 움직이는 힘*

개인이나 조직에 있어서 가장 중요한 가치는 무엇일까요? 열정, 도전, 끈기, 믿음 등 여러 가지가 있겠지만, 저는 신뢰^{trust}가 가장 중요하다고 생각합니다.

공무원 시절, 우리나라 수석대표로 외국과 항공회담을 20여 차례 가진 적이 있습니다. 항공회담은 보통 1박 2일 내지 2박 3일을 밤을 새며 하게 됩니다. 수많은 정회와 토론을 거치며 마라톤 회의를 하지요. 결렬위기도 수 없이 맞고 밤샘회의에 많이 지치기도 합니다.

회담에서 가장 중요한 수석대표는 서로 잘 아는 경우는 드물고 초면인 경우가 대부분입니다. 첫날은 주로 탐색전이지요. 이때 회의 내용 못지않게 상대방이 신뢰할만한가를 중요하게 살핍니다. 신뢰할 수 있는 파트너라고 생각되면 이튿날 회담에서 대부분 좋은 결실을 맺지만, 그 반대라면 당연히 회담은 실패합니다.

그럼 어떻게 해야 상대방에게 신뢰를 줄 수 있을까요? 바로 기본과 원칙에 충실하고 상대방을 배려하는 것입니다. 기본과 원칙을 지키되 상대방의 입장과 사정을 감안하며 회담하는 거지요. 밀어붙인다고 되지도 않고 잘 봐달라고 사정만 해서도 안 됩니다.

기본과 원칙을 유지하며 자국의 입장을 최대한 살려나가되 상대 국의 입장도 존중하고 배려할 때 회담에 진전이 있고 성공할 수 있었습니다.

개인 간에는 물론 조직과 사회에서 일을 할 때도 마찬가지입니다. 기본과 원칙을 지키고 약속을 지켜야 합니다. 이렇게 쌓인 신뢰는 개인과 조직 발전에 큰 원동력이 됩니다. 기본과 원칙, 약속을 지키며 상대방을 배려하고 끌어안는 신뢰의 꽃이 활짝 피는 우리 조직이 되면 좋겠습니다.

reply

● 업무상 여러 사람들을 만나면서 신뢰가 얼마나 중요한지를 새삼 깨닫는 요즘입니다. '기본과 원칙에 충실하면서 상대방을 배려하기' 란 말로는 쉬워도 실천하기가 참 어렵습니다. 우리 사회가 여러 가지 인연으로 연결되어 있어서 '신뢰를 주는 사람 = 아는 사람' 이란 공식이 성립하기 쉽거든요. 하지만 그런데도 원칙을 지키는 가운데 상대방을 존중하는 사람이 있다면 그 어떤 아는 사람보다 신뢰가 가더군요. 자동차 딜러와 거래를 한 적이 있었는데, 그때도 차에 대한 서비스는 제쳐두고 무조건 깎아준다고 하는 사람보다는 원칙과 약속을 지키면서 친절하고 정확한 서비스를 제공하는 딜러가 더 마음에 든 기억이 있습니다. 앞으로 저 스스로 조직에서, 사회에서 신뢰받는 사람이 될 수 있도록 더욱 정진하고자 합니다. (from CJK)

리더가 되고 싶으세요?*

사람들이 사는 곳에는 항상 집단이 생기고 집단에는 리더^{leader}와 팔로워^{follower}가 생기기 마련입니다. 그 중에는 스스로 리더가 되고 싶어 애쓰는 사람도 있고 주변 사람들이 돕고 추천해서 리더가 되는 사람도 있지요.

산책을 하다 집 근처 아파트 공사 현장에서 보도블록 공사를 하시는 분들을 보았습니다. 세 분이 계셨는데 그 중 한 분이 주로 말씀으로 지시만 하시고 다른 두 분은 힘들게 보도블록을 바꾸고 계시더군요. 아마도 지시하고 계신 분이 리더셨겠지요. 하지만 지시만 하고 뒷짐 지고 있는 그분이 진정한 리더인지는 다소 의아했습니다.

얼마 전 직원들과 무료 배식 봉사를 할 때의 일입니다. 직원들과 함께 가서 설거지도 하고 음식도 나눠 드렸습니다. 그런데 그곳에 계신 한 분이 직원들에게 '배식량이 다르다', '식기 세척이 더디다', '그릇위치가 다르다' 등 계속 지적하시고 언성을 높이시더군요. 사실 그리 큰 문제도 아닌데 말이지요. 그분들은 매일 하는 일이지만 우리 직원들은 처음이니 서툴고 틀릴 수밖에요. 지적을 당하니 직원들도 사기가 떨어지고 열심히 봉사하고자 하는 첫 마음도 줄어드는 듯 보이더군요. '아, 리더가 되고 싶어 하시는 분이 여기

또 계시는구나' 하고 생각했습니다. 한편으로 '진짜 리더라면 자원봉사자들이 계속 봉사하고 싶은 마음이 들도록 배려해 주면 참 좋을 텐데……'라는 아쉬움이 들었습니다.

사소한 일들이지만, 어쩌면 우리 사회의 단면이 아닌가 합니다. 사회 지도층이라는 소위 잘 나가는 사람들끼리의 모임도 그 중에 리더그룹이 생기고 또 그 위에 리더가 생기지요. 스스로 리더가 되고자 하는 사람들은 많습니다. 하지만, 진정한 소통과 배려, 사랑의 마음을 가진 리더는 찾아보기 힘듭니다. 동료들과 힘써서 목표를 달성하기 위해 합심하여 노력하는 리더가 중요합니다. 이러한 리더들이 사회 곳곳에 정말 필요합니다. 리더십^{leadership}을 잘 발휘해야 그만큼 진정한 팔로워십^{followership}도 생깁니다.

reply

● 작은 부분에 치중하여 정말 중요한 봉사자분들의 '남을 돕고자 하는 마음'이 무색하게 되었을 것 같아서 제가 더 안타까운 마음이 듭니다. 매년 후배들이 들어오고 직급이 높아지면서 어떤 리더가 되어야 하는지 생각을 하곤 합니다. 그때마다 가장 되고 싶은 리더는 나부터 어려운 일에 앞장설 수 있는 솔선수범형 리더입니다. 오늘 편지를 읽으면서 '동기부여를 할 수 있는 리더도 정말 중요하구나' 하는 생각이 들어 이것도 꼭 추가해야겠네요. 좋은 한 주 되세요. (from KBM)

앞에서 끌고 뒤에서 밀어주고 [*]

가을에 철새들이 날아가는 모습을 보셨지요? 특히 기러기들은 이동할 때 수 십 마리씩 V자 대형을 이룹니다. V자로 이동하면 공기저항을 적게 받게 되어 에너지 소모를 줄일 수 있기 때문이지요. 이때 가장 힘든 자리가 바람의 저항을 가장 많이 받는 선두자리인데, 기러기들은 이 리더 기러기가 힘이 빠져 어려우면 뒤의 기러기와 자리를 바꾼다고 합니다. 그리고 나머지 기러기들은 끊임없이 소리를 내어 선두 기러기를 응원하고 격려한다고 하죠. 그렇게 서로 도우며 먼 길을 간다고 합니다.

올바른 리더십^{leadership}과 팔로워십^{followership}이란 이런 것이고, 조직은 이렇게 운영되어야 합니다. 변화를 두려워하지 않고 직위에 상관없이 서로 신뢰하는 리더십을 보여야 합니다. 모두 같은 목표를 향해 나아가고 있으니 힘을 내라며 서로 응원하고 격려하는 따뜻한 팔로워십도 필요합니다. 사랑받고 칭찬받는 팔로워^{follower}들은 더 멋진 팔로워십을 발휘할 것입니다. 이것이 바로 우리가 이야기하는 혼자 가기보다 함께 가는 것이 먼 길을 갈 수 있는 이유입니다.

리더^{leader}라는 단어의 독일어 어원은 '외롭다, 괴롭다'라는 뜻에서 출발했다고 합니다. 위로 올라갈수록 친구는 사라져 외로워지고,

조직의 운명을 좌우할 수 있는 결정을 내려야 하는 압박감은 더욱 늘어나 힘들어집니다. 리더가 외로우면 조직의 미래도 없습니다. 주변에서 리더를 도와주고, 응원하고, 격려해 주면 리더는 자기 능력의 2배, 3배를 발휘해 성과를 냅니다. 리더는 어렵고 멀리해야하는 존재가 아니라 누구보다 많은 도움과 칭찬이 필요한 존재입니다. 여러분이 같이 근무하고 있는 상사를 격려해드리고 칭찬해드리세요. 그분들도 때론 외롭고 힘듭니다. 여러분의 격려가 조직 발전에 큰 힘이 될 것입니다. 멋진 리더십과 팔로워십이 결합될 때 그 조직은 멋진 직장이 되고 힘과 활력이 넘치면서도 큰 성과를 내게 될 것입니다. 앞에서 끌고 뒤에서 밀어주는 조직이 됩시다.

reply

● 리더란 존재하는 게 아니라 만들어지는 거라고 생각합니다. 자기가 리더가 되고 싶다고 해서 리더가 되는 게 아니고, 주변사람들로부터 인정을 받아 자연스럽게 그 자리에 오르는 것이 진정한 리더인 것이죠. 즉, 리더십 이전에 이미 팔로워십이 존재하며, 리더와 팔로워는 종속적인 관계가 아니라 협력적이고 상호보완적인 관계가 되어야 한다는 뜻입니다.

우리는 종종 리더를 어려운 사람으로 인식하는 경향이 있는데, 리더의 입장에서 생각해보면 팔로워들의 그런 마음이 리더를 더 어렵게 하는건 아닌가 싶습니다. 리더십의 중요한 요소로 팔로워와의 소통능력을 꼽기도 하지만, 이는 오히려 팔로워십의 영역이 아닌가 하는 생각도 듭니다.

리더십의 권위자인 카네기 멜론대 로버트 켈리 교수는 이같은 팔로워십의 중요성을 강조하면서 '20%의 리더가 아닌 80%의 팔로워가 조직운명을 결정하는 변화의 시대' 라고 말했습니다. 아무리 뛰어난 역량을 가진 리더라도 혼자서는 아무것도 할 수 없는 만큼, 조직이라는 큰 배가 순조롭게 세상을 항해할 수 있도록 리더를 도와주는 멋진 팔로워가 되도록 노력하겠습니다. (from LJW)

작은 변화가 일어날 때 진정한 삶을 살게 된다.

– 톨스토이

세상에서 바뀌지 않는 것은 바뀐다는 것뿐이다.

– 조나단 스위프트

다른 사람이 가져오는 변화나 더 좋은 시기를
기다리기만 한다면
결코 변화는 오지 않을 것이다.
우리 자신이 바로 우리가 기다리던 사람들이다.
우리 자신이 바로 우리가 찾는 변화다.

– 버락 오바마

변화!
더 큰 행복의
기회

더 높고 더 넓게 생각하기

영화 〈아름다운 세상을 위하여^{Pay it forward}〉에는 사회를 변화시키기 위해 나 자신부터 작은 한 발을 내딛는 방법이 나옵니다. 한 사람이 3명에게 나눔을 실천하고 그 각각의 사람이 또 3명에게 나눔을 실천해 피라미드처럼 계속 전파되어 사회 전체, 모두에게 사랑을 전한다는 것인데요, 감동적인 이야기와 함께 우리가 세상을 위해 무엇을 할 것인가를 다시 한 번 생각해보게 합니다.

대개의 경우 사람들은 사회, 또는 조직의 발전을 위해 무엇을 할 것인가를 고민하기보다는 사회나 조직이 나에게 무엇을 해 줄 것인가를 먼저 생각하곤 합니다. 일이 잘 됐을 때는 내가 열심히 했기 때문이고, 잘 되지 않으면 동료와 상사, 조직, 사회의 탓으로 돌리곤 한다는 것이지요.

이제 생각을 한번 바꿔봅시다. 남, 조직, 사회를 탓하기 전에 내가 그들을 위해 무엇을 할지를 먼저 생각해보면 어떨까요. 조직발전을 위해 내가 어떤 자세로 근무하고, 동료들을 어떻게 대해야 할지 다시 한 번 되새겨보는 것이죠. 우리 교통안전공단을 예로 들면, 국민의 안전과 행복을 위해 내가 할 수 있는 일이 무엇인지 고민하고 실천해보는 겁니다.

내가 하는 일이 조직을 발전시키고 국민을 안전하고 행복하게 만드는 디딤돌이 된다는 것을 기억해 주십시오. 언뜻 작아 보이는 생각이라 하더라도 모두 함께 머리를 맞대고 발전시키면 얼마든지 좋은 제도와 정책이 될 수 있습니다. 이러한 노력들이 지금 당장은 나에게 큰 이득이 되지 않을지라도 언젠가는 자신의 발전과 행복으로 되돌아온다는 사실을 잊지 말아야 하겠습니다.

---

reply

● 언젠가 생리학에서 배운 항상성현상恒常性現象이 생각나네요. 원래의 모습을 유지하려고 되돌아가는 현상이죠. 긍정적이기도 하고 부정적이기도 한데, 변화가 필요한 시점에 자꾸 구습을 답습하고 안주하려고 하는 것은 부정적인 측면이라고 볼 수 있습니다. 다이어트에서의 요요현상과 같다고 할까요.

하지만 이것도 노력으로 극복이 가능합니다. 변화를 위해서 계속 노력한다면 충분히 가능하다고 믿습니다. 낙오자가 되지 않기 위해 변화는 꼭 필요한 것이니까요. '나는 조직에서 내가 맡고 있는 업무를 헌신적으로 수행하고 있는가' 라는 자문을 하면서, 생각하는 관점도 바꿔보고 서로 머리를 맞대고 아이디어를 나누다 보면 반드시 놀라운 변화를 만들어 낼 수 있을 것입니다. (from PJS)

잘 비워야 잘 채울 수 있다

정말 봄이 왔나 봅니다. 며칠 전부터 아내가 집안 대청소를 시작했습니다. 평소에 그리 청소를 열심히 하는 사람은 아닌데, 피부에 뭐가 생긴다는 큰 아이의 말에 청소를 시작하더니 일주일 내내 모든 방과 집안 구석구석을 대청소하고 있습니다. 정말 오랜만에 많은 것을 버렸습니다. 덕분에 갓 이사 온 집처럼 깨끗해져서 상쾌하고 새로운 좋은 기운이 집안 가득한 느낌이 드네요.

저는 항상 집, 사무실에서 불필요한 것을 잘 버리는 편입니다. 낯설고 새로운 것을 잘 받아들여 발전의 계기로 삼기 위해서는 먼저 불필요한 것을 버려서 비워야만 합니다. 잘 비우고, 또 잘 채우는 것이지요.

얼마 전 회사의 불필요한 일을 찾아서 버리자고 말씀드렸더니 여러분들이 많은 제안을 주셨더군요. 불필요한 일을 줄여 업무를 가능한 효율적으로 하고, 남는 여력으로 새로운 일을 찾읍시다. 단순히 일을 줄여 쉬는 시간을 많이 갖자는 뜻은 아닙니다. 선택과 집중으로 중요한 일을 열심히 하고 새로운 일을 찾아서 할 때 조직이 발전하고 개인의 능력도 향상될 수 있습니다.

효율성이란 단순히 이익이 생기는 것이 아니라 투입되는 자원으로 가장 큰 효용을 얻을 수 있는 것을 말합니다. 자원의 희소성을 극복하고 효율성을 극대화하기 위해서 선택과 집중을 잘해야 합니다.

가정에서든 직장에서든 불필요한 일을 줄이고 꼭 필요한 일, 중요한 일에 몰입하면서 발전하는 계기로 만듭시다.

reply

● 인원은 부족하고 할 일은 점점 많아지는 가운데 '불필요한 일 버리기' 야말로 꼭 필요한 일이 아닌가 합니다. 일단 하고 있는 일을 버리는 것은 좀처럼 쉽지 않은데, 이럴 때 경영진이 앞장서주시면 큰 도움이 될 듯합니다. 관행적인 일들을 모두 없애고 정말 중요한 일에 집중한다면 고객서비스 또한 향상되고 직원들도 즐겁게 일할 수 있을 거라 믿습니다. (from JSJ)

- -

● 비워야 다시 채울 수 있다는 말씀에 깊이 공감합니다. 저도 물건을 잘 버리지 않는 스타일인데, 너무 많이 쌓이다보니 얼마 전부터 하나씩 정리를 하면서 비워나가는 작업을 하고 있습니다. 버릴 때는 아까워도 막상 깨끗해진 모습을 보니 마음속까지 시원해지는 느낌입니다.
'비우고 채우기'는 물건뿐 아니라 마음에서도 마찬가지겠지요. 너무 많은 생각을 담고 있다 보면 제대로 하는 것 하나 없으면서 머리만 복잡하기 마련이니까요. 마음을 비우는 것은 요즘 유행하는 '힐링'처럼 지친 마음을 치유하는 것에도 효과가 있을 것 같습니다. 마음도 비우고, 사무실도 깨끗이 청소하면서 봄을 맞을 준비를 하도록 하겠습니다 (from HKS)

독수리에게서 배우는 지혜

독수리가 몇 년을 사는지 아시나요? 독수리의 수명은 약 70년이라고 합니다. 사람도 70세까지 건강하게 살려면 관리를 잘해야 하는데 새는 어떨까요? 독수리는 40살 정도에 이르면 남은 30년을 위해서 처절하게 제2의 생을 준비한다고 합니다. 야생에서 새가 40년을 살았다고 생각해보십시오. 부리며 발톱, 날개가 온전할까요? 새가 그 정도를 살면 부리도 구부러지고 발톱도 약해져서 먹잇감을 잡기도 힘들고, 깃털도 빠져 날갯짓도 약해진다고 합니다. 그러면 독수리는 어떻게 제2의 인생을 살 수 있을까요?

40살이 된 독수리는 높은 곳에 올라가 곤두박질칩니다. 부리가 바위에 부딪혀 깨지면 새부리가 돋아 날 때까지 약 150일을 기다립니다. 산꼭대기 절벽 끝에 둥지를 틀고서 말이지요. 오랜 기다림 끝에 새부리가 나오면 그 부리로 발톱을 하나씩 빼냅니다. 새 발톱이 나오면, 이번엔 오래된 깃털을 뽑고 새 깃털이 나기를 기다립니다. 약 6개월의 힘든 과정을 거쳐야 남은 30년을 멋지게 살 준비가 끝난다고 합니다. 처절한 자기혁신을 통해 완전히 새롭게 태어나는 것입니다.

우리도 독수리처럼 자기 자신을 던져서 변화를 해야 더욱 새롭고 알찬 삶을 살 수 있습니다. 변화와 혁신의 시간은 결과가 성공할지 장담하지 못하니 더디고 어렵게 느껴지고 많이 고민하게 됩니다. 하지만 고민만 하다 세월을 흘려보내선 안 되겠죠. 자신을 변화시키는 시간 동안 그 변화의 끝에 우리가 무엇을 얻게 될지, 목적이 무엇인지, 과연 어떻게 해야 하는지 끝없이 되묻고 준비하면서 우직하게 나아가야 합니다. 조직도 마찬가지입니다. 낡은 과거를 벗어 던지고 시대의 변화를 읽으며 변화해야 합니다. 용감무쌍하게 부리를 깨고 아픔을 인내하며 자신을 바꿔나가는 독수리처럼 변화와 혁신만이 우리를 살게 합니다.

---

reply

● 고통을 인내하고 변화와 도약을 준비하는 독수리 이야기를 듣고 많이 놀랐습니다. 강인한 정신과 굳은 의지 없이는 변화를 위한 시도조차도 불가능할 것 같은데 말입니다. 변화를 위한 길이 쉽지만은 않겠지만 용기를 가지고 나아가야 할 것 같습니다. (from KDY)

메모하는 습관

오늘날과 같은 정보화 사회에서는 정보와 관련된 메모를 얼마나 효과적으로 활용하느냐가 매우 중요합니다. 매일 쏟아지는 엄청난 양의 정보와 순간적으로 머릿속을 스쳐지나가는 아이디어를 잘 정리해두는 메모는 성공의 지름길이 됩니다.

우선, 메모는 모든 일을 효율적으로 처리할 수 있게 해 줍니다. 중요한 일이든 사소한 일이든 일단 모두 메모를 해 두고, 이것을 선후와 완급을 따져 차근차근 정리하면 훌륭한 일정표가 완성되지요. 항상 눈코 뜰 새 없이 바쁘다면 메모를 통해 업무를 정리해 볼 것을 권해 드립니다.

두 번째로, 메모는 부족한 기억력을 보완해줍니다. 사람의 기억력에는 한계가 있기 때문에 기억에 의존하기보다는 메모를 하면 훨씬 더 쉽게 많은 일을 기억하고 처리할 수 있습니다. 특히 번개처럼 왔다가 사라지는 참신하고 창의적인 아이디어는 수시로 메모를 해야만 이를 써먹을 수 있지요. 언젠가 아인슈타인을 인터뷰하던 기자가 집 전화번호를 묻자 아인슈타인이 수첩을 꺼내 전화번호를 찾았다는 유명한 일화가 있습니다. 기자가 집 전화번호도 기억을 못하느냐고 하자 '전화번호 같은 건 기억을 안 합니다. 적어두면 쉽게 찾을 수 있는걸 왜 기억해야 합니까?'라고 답했다지요.

그는 기억해야 할 것은 메모에 맡기고, 두뇌는 무언가를 창조하기 위해 썼기 때문에 큰 업적을 남길 수 있었습니다.

　세 번째로, 메모는 개인과 조직의 발전에 큰 도움이 됩니다. 매일, 매달, 그리고 매년 각자의 자리에서 메모해 둔 기록들을 모두 정리하면 조직의 역사라고 할 수 있는 소중한 자료가 만들어집니다. 책으로 출판해서 후배들이나 주변 사람들에게 널리 알릴 수 있는 기회도 생기겠지요. 나아가 메모들이 모두 합해지면 한 국가의 기록이 되고, 또 역사가 될 것입니다. 기록을 많이 남긴 민족이 결국 그것을 토대로 세대에서 세대로 이어가면서 역사를 이루고 발전을 거듭해 오늘날 선진국이 된 것을 보면, 개인의 메모야말로 국가와 사회 발전의 초석이 된다는 것을 알 수 있습니다.

　메모란 이렇게 좋지만, 사실 바쁘게 살다 보면 빠짐없이 메모를 한다는 게 말처럼 쉽지는 않습니다. 일일이 메모하기보다는 빨리 빨리 업무를 처리해서 끝내고 쉬어야 할 때가 많다보니 일에 대한 메모는 물론 순간적으로 떠오르는 생각을 적을 여유도 없는 것이지요.

　이제 아이디어가 떠오르면 그 즉시 수첩이든, 메모지든, 스마트폰이든 상관없이 항상 기록하는 습관을 들이십시오. 지금 당장은 필요하지 않아도 잘 정리해두면 나중에 반드시 다시 사용할 수 있는 좋은 자산이 될 것입니다.

reply

● '메모하는 사람이 반드시 성공하는 것은 아니지만 성공한 사람들은 누구나 메모
하는 습관을 가지고 있다' 는 말이 떠오르네요. 예전에는 항상 수첩과 볼펜을 갖고
다녔는데 요즘에는 스마트폰에 적응이 되어서 수첩을 펼쳐본 지 오래된 듯합니다.
생각이 떠오르면 즉시 스마트폰에 입력하거나 음성으로 녹음을 하고, 사진도 찍어
두어서 나중에 정리를 하지요. 도구가 좋아진 만큼 잘 활용한다면 큰 성과를 얻을
수 있으리라 생각합니다. (from KYS)

생각의 폭을 넓히는 독서

'독서경영'이 유행입니다. 쉽게 생각하면 직원들이 책을 많이 읽고 그 지식을 업무에 활용하라는 것 같은데, 알고 보면 더 깊은 뜻이 있습니다. 진정한 독서경영이란 직원 개개인의 독서를 넘어 여러 사람이 함께 토론형 독서로 지식을 공유하고 조직의 부족한 부분을 채워가자는 경영방식입니다.

개인이 독서를 많이 하는 것은 물론 유익합니다. 부족한 역량을 채우고, 생각의 폭을 넓히고, 또 새로운 시대 흐름도 따라갈 수 있기 때문이지요. 저도 1주일에 한 권은 꼭 읽으려고 시간을 정해 독서를 합니다. 다만 독서를 통한 지식습득이 조직 활동에 반영되려면 책을 읽고 느낀 점을 메모하고 서로 토론하면서 업무에 적용하려는 노력이 꼭 필요합니다. 즉, 개인 차원의 독서가 아니라 조직 차원에서 독서를 하는 것입니다.

이사장 부임 이후, 매달 5권 정도 좋은 책을 추천하고 북카페에 여러 권 비치해두고 있습니다. 또 좋은 독후감을 쓴 분들은 선물도 드리고, 독서토론회도 권장하고 있습니다. 개인의 발전, 조직이 나아갈 방향과 같은 제가 하고 싶은 말을 대신 해드릴 수 있는 책을 여러 권 추천해드렸는데, 많이 읽으셨는지는 모르겠네요.

책을 읽고 서로의 생각을 공유하면서 다른 사람의 생각을 이해한다면 지식의 습득을 넘어 같은 목표를 향해 도전하는 우리 조직의 발전에 큰 도움이 될 것입니다.

reply

● 회사에 북카페가 생긴 뒤로 생활이 더 풍족해진 듯합니다. 매달 새 책들이 들어오고, 직원들도 다 읽은 책을 나눠볼 수 있도록 자발적으로 갖다 놓고 하다 보니 어느새 번듯한 도서관이 되었네요.

저도 책 읽는 것을 좋아하지만 점점 게을러지는지 책 한 권을 잡으면 몇 달을 갑니다. 하지만 이제부터라도 점심시간 등 따로 시간을 정해서 책을 가까이 하도록 하겠습니다. (from CIJ)

● '조직이 책을 읽는다' 는 독서경영의 의미에 대한 말씀에 적극 공감합니다. 지금 독서토론회 모임을 하고 있는 입장에서, 혼자서 책을 읽는 것보다 함께 모여 같은 책을 읽고 토론하는 과정에서 더욱 많은 것을 배우게 됩니다. 나 혼자 책을 읽고 느낀 점이 다른 사람들과 다를 수도 있고, 책의 좋은 점을 여러 사람의 입으로 여러 번 듣게 되면서 더 기억에 오래 남게 되고요. 특히 책을 읽고 나오는 아이디어들, 실제 업무에 적용할만한 내용은 혼자서 생각하기보다는 모여서 의견을 나누는 게 큰 도움이 됩니다. 경영진들이 관심을 갖고 직원들이 좀 더 책을 많이 읽을 수 있도록 제도적으로 뒷받침을 해 주시면 어떨까 합니다. (from HJH)

변화의 시작, 다르게 생각하기

과거 경쟁이 심하지 않고 변화가 느리던 시절에는 경험이 최고의 자신이었습니다. 기존업무를 잘하고 질서에 순응하는 직원이 우수하다고 생각했고, 새로운 시도를 하는 직원은 괴짜, 모난 돌, 엉뚱한 놈으로 불리며 비주류로 밀려나곤 했었지요.

그러나 현대 사회는 변화와 혁신이 새로운 가치를 창출하는 시대입니다. 남과 같은 생각을 하고, 기존 방식만을 고집하다 보면 어느새 저 멀리 뒤처질 수밖에 없습니다. 1더하기 1은 언제나 2라는 생각에서 벗어나야 합니다. 물방울은 아무리 합쳐져도 하나가 되고, 시너지가 발휘되면 둘이 합쳐져도 100이 될 수도 있는 것입니다.

우리에게 가장 필요한 것이 바로 변화와 혁신입니다. 우리 직원들이 맡은 일은 열심히 하지만, 더 창조적인 일을 하기 위한 능동적인 변화와 혁신은 다소 부족하다고 생각되었기 때문입니다.

부디 통념과 인습에 얽매이지 말고 직급에 관계없이 자유롭게 소통하며 과감한 아이디어를 마음껏 펼쳐보시기 바랍니다. 매일 반복되는 업무라도 더 나은 변화를 주어 새롭게 할 수는 없는지 살펴보십시오. 그러다 보면 어느새 변화와 혁신의 바람이 조직 전체에 붙어, 개인과 조직의 업무 모두 크게 달라질 것입니다. 직원들 모두 한 단계 더 발전하여 당당하고 자신감 있게 변화와 혁신을 주도하게 될 것입니다.

변화와 혁신을 위한 좋은 생각을 가로막는 장애물이 있다면 언제든 저에게 알려 주세요. 최선을 다해 돕겠습니다.

---

reply

● 찰스 다윈은 '결국 살아남는 종은 강인한 종도 아니고 지적능력이 뛰어난 종도 아니다. 바로 변화에 가장 잘 대응하는 종이다' 라고 했습니다. 모든 생명체가 변화를 통해서만 살아남을 수 있듯이, 기업의 생존도 마찬가지라고 생각합니다. 현재 상태가 편하다고 느끼는 순간 이미 퇴보가 시작된 것이라는 말도 있으니까요.

우리 조직에 능동적인 자세가 부족한 것은 '치열함' 이 부족했던 대가가 아닌가 합니다. 사회가 선진화되고 안전에 대한 사람들의 요구수준도 점차 높아지고 있는 지금, 변화와 혁신 없이는 더 이상의 발전은 없을 것입니다. 끊임없는 변화와 혁신은 업무를 발전시키는 것은 물론, 일하는 방식을 근본적으로 바꿔서 조직 내 신뢰 수준을 향상시키는 좋은 계기가 될 것입니다.

불필요한 업무 없애기, 시간 낭비하지 않기, 비용 줄이기, 고객을 최우선으로 생각하기 등 작고 사소한 것부터 실천하는 하루가 되었으면 합니다. (from KBJ)

현장에 답이 있다

지난주 두 가지 중요한 워크숍이 있었습니다. 우리 조직이 담당하는 가장 중요한 사업인 자동차검사와 교통안전관리 담당자 워크숍이지요.

저는 우리 사업이 현장의 목소리를 제대로 반영하고 있는지를 다시 한 번 점검해 줄 것을 당부했습니다. 자동차검사는 최상의 검사서비스와 전략적인 마케팅으로 고객 만족도를 높이는 것을, 교통안전사업은 실제 현장에서의 문제점을 파악해서 과학적인 대책을 마련해 줄 것을 이야기했습니다.

특히 '안전'은 요즘 우리 사회의 가장 중요한 이슈라는 점을 강조했습니다. 사회 여기저기 있는 위험요인에 대한 언론보도가 많아지고 국민의 관심도 높아지고 있습니다. 머리로만 탁상공론 하지 말고 발로 뛰며 현장에서 문제점과 해답을 찾아 안전이 확보되도록 힘써야 할 때입니다. 저도 요즘 직접 운수회사와 CNG 내압용기 검사장 등을 다니며 현장을 점검하고 있습니다.

현장에 맞는 사업과 대책을 입안하고 적극적으로 추진합시다. 국민의 눈높이에서 고객이 필요로 하는 일을 합시다. 우리가 좋아서 하는 일이 아니라 국민이 좋아하고 원하는 업무를 발굴하여 적극적으로 추진하는 것이 중요합니다.

현실과 유리된 공허한 대책이 아닌 현장에 맞는, 그리고 국민들의 박수를 받을 수 있는 현실적인 교통안전사업을 지금부터 열심히 찾아내야 합니다. 변화와 개혁으로 국민에게 더욱 큰 사랑과 신뢰를 받는 조직을 만듭시다.

reply

● 이번 워크숍을 통해 현실의 냉엄함과 함께 국민들의 신뢰를 얻기 위해 더 열심히 해야겠다는 각오를 다지게 되었습니다. 안전을 책임지는 기관에 근무하는 사람으로서 가져야 하는 자세에 대해서도 다시 한 번 생각하는 계기가 되었고요. '현장의 눈높이에 맞는 대책'이 얼마나 중요한지에 대해서도 알게 되었습니다. 많은 정책 입안자들이 현장을 알지 못해 실패하는 사례가 정말 많은데, 소중한 생명을 지켜야 하는 우리의 입장에서 한 번의 실패는 치명적인 결과로 이어지기 때문에 더욱 많은 고민이 필요할 것이라 봅니다. 전 직원이 공감하고, 책임감을 갖고 실행할 수 있도록 노력하겠습니다. (from KYS)

고객의 눈높이에 맞게

저는 주말에 가족과 함께 집 근처 음식점에도 가고 카페도 즐겨 찾습니다. CEO다 보니 비교적 큰 음식점에도 여러 행사 때문에 가곤 하죠. 그런 곳에 가면 먼저 화장실을 찾아 매무새를 가다듬습니다. 요즘은 우리나라 화장실이 참 많이 깨끗해졌습니다. 고속도로 휴게실을 비롯해 음식점, 카페에 가보면 정말 많이 달라진 걸 느낄 수 있습니다. 하지만 아직도 일부 음식점은 식당 내부의 청결 상태나 음식 수준이 높은데도 여전히 화장실만은 냄새나고 지저분한 곳이 있지요. 왜 그럴까요? 아직까지 선진국 수준에 이르지 못해서 그런가요?

깨진 유리창 이론Broken window theory을 적용해보면, 눈에 잘 띄는 곳은 번쩍번쩍하게 잘 청소해 놓으니 사람들이 주의를 하지만, 화장실처럼 덜 보이는 곳은 관리를 소홀히 하니 지저분하고 사람들도 마음대로 사용하는 것이죠. 그러니 더러운 것들이 수북하게 쌓일 수밖에요. 결국 좋은 곳은 더 좋게 되고, 나쁜 곳은 더 나빠지는 현상이 생깁니다.

회사도 마찬가지입니다. 고객을 대하는 우리 자세와 마음가짐에 깨진 유리창이 있지는 않나요? 관리를 안 해서 더욱 나빠지는 부분 말이죠. 고객의 눈높이는 우리와 다른 점이 많습니다. 어느 지사에 갔더니 세면대 거울이 너무 낮아 불편하게 허리를 숙여야만 하더군요. 사용자 입장에서 조금만 높이 달면 얼마나 편할까요?

엘리베이터 앞에 작은 거울이라도 달면 사람들이 덜 지루하다고 합니다. 기다리는 동안 거울을 보며 매무새를 바로 잡을 수 있어서요. 식당도 조금 더 신경 써서 싱싱한 식재료를 쓰고, 친절한 서비스를 하면 고객은 그 이상의 만족을 느낍니다. 서비스 품질이 좋다면 가격을 조금 올려도 고객은 받아들일 수 있지요. 거창한 일이 아니라 사소해보이는 말 한마디, 표정 하나가 고객을 감동시키기도 하고 화나게도 합니다.

고객의 눈높이에서 주변에 사소해보이는 것부터 살펴봐 주십시오. 분명 미처 알지 못했던 문제점들이 보일 겁니다. 그것을 고객의 눈높이에 맞게 고치는 일이 바로 고객감동의 시작입니다.

reply

● '나의 예쁜 딸, 아들 꽃신 사주시고 저희 어머님 용돈도 쥐어주시고 소중한 저희 가족 월급 챙겨주시는 고객님은 저희의 은인이십니다. 고객님 오시는 길 빗질하고 문청 대청 닦아놓고 그릇 그릇 정성 담아 몸과 마음을 정갈히 다스렸으니 편히 오소서……'
회사 앞 식당 화장실에 붙어있는 문구입니다. 참 진심이 느껴지는 문구라서 보자마자 사진을 찍어 두었지요. 실제로 이 식당은 맛도 좋은데다 손님 테이블에 부족한 반찬은 없는지 수시로 살피고, 남은 음식은 깔끔한 용기에 포장을 해 주는 등 서비스가 매우 좋기로 유명합니다. 일반 식당과 공기업인 우리 기관을 비교할 수는 없지만, 고객을 존중한다는 마음은 같다는 생각이 들었습니다. 사람을 대하는 말투, 정리정돈, 시간 지키기 등 업무매뉴얼에는 없지만 조금만 신경 쓰면 되는 것들이 사실은 고객감동을 위해 가장 중요한 것이겠지요.
식당 화장실에서 얻은 지혜를 잘 활용해서 '깨진 유리창' 이 없도록 주변을 항상 돌아볼 것을 다짐해봅니다. (from KYJ)

성공하는 사람들의 습관

저는 사회적으로 성공한 분들과 식사를 할 기회가 많은데, 많은 분들이 갖고 있는 공통점이 하나 있습니다. 바로 약속 시간에 절대 늦지 않는다는 겁니다. 어떤 변명도 하지 않고 교통체증도 상관없이 그분들은 언제나 약속시간보다 일찍 와 계십니다. 시간을 철저하게 관리하지 못하고 상대방에 대한 배려가 없으면 불가능한 일이겠지요. 일찍 약속 장소에 도착해 그날의 만남을 생각하며 충분히 준비하는 것과 시간에 쫓겨 만나는 것과는 하늘과 땅 차이입니다.

저도 공적인 회의나 인터뷰, 모임에 갈 때는 늦어도 10분 전에 닿도록 일찍 갑니다. 더불어 가기 전에 오늘 모임과 함께 한 분들이 잘되기를 마음속으로 기도합니다. 참 신기하죠? 이렇게 마음의 준비를 잘하고 가는 날은 모든 일이 더 잘 풀립니다. 기대한 이상으로 풍성한 만남의 기쁨과 결실을 얻을 때가 많습니다. 이심전심 以心傳心이랄까요?

시간약속을 잘 지키는 것은 상대방에 대한 존중과 배려의 시작입니다. 그리고 상대방이 잘 되기를 진심으로 빌어주는 마음이 결국 본인도 성공하게 만듭니다.

reply

● 시간 약속을 지키는 것은 사람 사이의 관계에서 기본 중의 기본이 아닐까 합니다. 상대방에게 신뢰감을 줄 수 있느냐를 결정짓는 기초가 될 테니까요. 마음의 여유를 갖고 시간 약속을 잘 지키는 삶을 실천해야겠습니다. (from KBJ)

갑과 을이 아닌 우리

소위 '갑'과 '을'의 관계에 대해 생각합니다. 예전에 비해 많이 나아지긴 했지만, 여전히 사회 곳곳에 합리적이지 못한 지시나 요구를 거래처럼 주고받는 일이 있습니다.

제가 공무원으로 근무하던 때에도 항상 공정하고 투명하게, 대등한 관계에서 행정 처리를 하도록 해 왔고, 동료직원들에게도 누누이 강조하였지만 공단에서 근무하면서 보니 공무원들의 '갑' 모습이 아직까지 모두 고쳐지지는 않은 것 같아 안타깝습니다.

이제 이런 문화는 없어져야 합니다. 행정의 민주화가 이뤄져야 우리 사회가 건전해지고 더 발전할 수 있습니다. 혹자는 '을'인 실무자 입장에서 아직까지 상급기관이나 힘을 가진 기업을 상대로 합리적이고 대등한 일처리만을 주장하기에는 어려움이 많다고 합니다. 하지만, 합리적이고 설득력 있는 대안을 제시하고 부당한 업무에 대해서는 상대방을 잘 이해시켜서 잘못된 문화를 바로잡는 것을 더 이상 미뤄서는 안 된다고 생각합니다.

물론 이를 위해서는 스스로 더 실력을 쌓고 상대방으로부터 신뢰를 얻도록 부단히 노력해야겠지요. 우리가 소위 '갑'의 입장이 되었을 때도 마찬가지로 '을'에 해당되는 분들께 정성껏 잘해 드려야 합니다. 모든 행정은 투명하고 공개적으로 원칙에 따라 이루어져야 할 것입니다. '갑'과 '을'이 아닌 '우리'라는 마음가짐을 갖고 일할 때 우리 사회는 훨씬 더 투명하고 원칙에 따라 일하는 사회가 될 것입니다. 이것이 우리가 선진사회로 가는 길이라고 생각합니다.

reply

● 행정의 민주화에 대해서 정말 공감합니다. 저도 많이 경험했었지요. 구시대적인 관습일수도 있지만 그보다는 개인의 태도가 더 중요하지 않을까 생각합니다. 그래서 저도 갑과 을의 위치를 떠나 항상 상대방을 존중하려고 노력하고 있습니다. 그래야 저 자신도 존중받을 수 있고, 업무를 처리함에 있어서도 도움이 되니까요. 현실적으로 을의 입장에서는 실력으로 승부를 해야 하니 먼저 실력을 키워야 하고, 갑이 입장이 되어서는 상대방을 포용하는 관대함을 보여야 한다고 생각합니다. (from KYS)

청렴을 넘어 고객감동으로

'청렴'이라는 말을 들으면 다소 경직되고 어려운 느낌이 들지 않으신지요? 지금도 청렴한데……. 새삼 '청렴을 실천합시다'라고 했을 때 도대체 무엇을 어떻게 해야 되나 하는 생각이 들기도 하지요.

그럴 땐 청렴을 '고객만족', 더 나아가 '고객감동'이라고 생각하면 됩니다. 직원들이 즐겁고 행복하게 일하면 고객만족은 자연스럽게 따라올 것이고, 이것이 계속되면 고객들은 감동할 것입니다. 결국 행복한 조직, 행복한 사회가 바로 청렴한 조직, 청렴한 사회인 것입니다.

청렴은 모든 조직, 사회, 국가에서 가장 기본적인 요소입니다. 청렴하지 않은 조직, 사회, 국가는 구성원들이 서로를 신뢰할 수 없고 대립과 반목을 거듭하게 되어 발전할 수 없고, 오랫동안 존속할 수도 없습니다. 이는 역사적으로도 증명된 사실이지요. 특히, 우리 기관처럼 국민의 신뢰가 중요한 공공기관에게 청렴은 존립기반과도 같습니다. 청렴하지 못한 기관은 국민이 신뢰하지 못하고, 국민의 신뢰가 없는 기관은 존재 이유가 없기 때문입니다.

많은 분들이 노력해 주신 덕분에 우리 기관의 청렴도는 상당한 수준에 올라와 있습니다. 이는 이번 설 연휴 풍경에서도 찾아볼 수 있습니다. 명절 때마다 여러분들을 불편하게 했던, 관행적으로 선물을 주고받던 모습이 이제 완전히 사라졌을 것입니다. 상사에게 무엇을 보낼까 하는 불필요한 고민을 하지 않아도 되니 얼마나 편합니까. 저한테 선물을 보내던 분들도 이제는 완전히 없어졌습니다. 이것이 바로 행복이고, 또 청렴인 것입니다.

reply

● 귀성 전쟁과 선물꾸러미, 오랫동안 만나지 못했던 친지와 친구들과의 재회…… 추억 속에 남아있는 명절풍경입니다. 명절음식을 만드느라 전날부터 부산을 떨고, 귀한 음식들로 차례를 지내고, 친척집을 순례하며 떠들썩한 명절을 보냈었지요.

이렇게 아름다운 명절에 옥의 티라면, 바로 '이번에는 뭘 보내야 하나' 라는 선물 고민이었습니다. 물론 꼭 보내야 한다는 압력도 없고 그래서도 안 되지만 은근히 고민이 되었습니다. '남들은 뭘 한다던데 나는?', '얼마 안 있으면 인사철인데……' 이런 고민들로 결국은 매년 얼마간 선물을 주고받곤 했던 게 그동안의 관행이었었는데…

이번 명절에는 이런 선물관행이 아예 금지되어서 정말 좋은 것 같습니다. 선물을 주고받으면 모두 조사해서 엄단하시겠다고 하셨다니, 각 지역에서도 절대 선물을 주고받으면 안 된다는 분위기가 형성되어서 오히려 선물을 주는 사람이 이상하게 되어버렸습니다. 올바른 문화가 계속 정착되도록 앞으로도 힘써주십시오. (from PKB)

낯선 것에 반갑게 가까이

『낯선 사람 효과』라는 책을 보았습니다. 책 제목을 보며 문득 떠오른 생각은 우리는 낯선 사람보다는 낯익은 사람과 더 가까이 하고, 더 자주 만나고, 더 오래 있고 싶어 한다는 것입니다. 저도 나이를 먹을수록 낯선 사람보다는 잘 아는 사람, 많이 만나본 사람을 선호하게 되더군요. 식사와 만남도 되도록 낯익은 그 사람들과 하고 싶은 마음이 들고요. 서로 편해서 그렇겠지요.

하지만 '낯선 사람이 내 인생을 풍요롭게 한다'는 문구를 보면서 많은 공감 했습니다. 모임에 나가 낯선 사람을 만나고 그 사람과 새로운 인간관계를 맺으면 미처 몰랐던 새로운 세계가 열리는 경험을 하곤 합니다. 낯선 사람이 제 인생을 좀 더 풍요롭게 해 주는 것이지요. 또 그분이 저를 많이 도와주기도 하고, 새로운 인적 네트워크가 생기기도 하고요. 다만, 낯선 사람과의 만남은 처음에는 편하지 않기에 그만큼 노력과 성의가 필요합니다. 우선 마음을 여는 것이 중요하고, 서로에 대한 관심과 예의도 필요하겠지요.

낯선 사람뿐만 아니라, 낯선 환경, 낯선 제도, 낯선 기술 등 우리에게 '낯설다'는 것은 어떤 의미일까요? 저는 우리가 항상 가까이하고 자주 이용하고 익숙한 것은 '낯익은 것'이고 그 반대가 '낯선 것'이라고 생각합니다. 낯익은 것에 안주하다 보면 삶의 변화와 발전은 이루어지기 어려울 것입니다. 낯선 것을 용기 있게 받아들이는 시도가 없으면 새로운 차원의 삶을 살 수도, 발전된 조직과 사회, 국가를 만들 수도 없을 것입니다.

내 자신과 가정에서부터 시작하여 직장과 우리가 소속된 공동체 곳곳에서 현실에 안주하지 말고 낯선 것에 가까이하고 반갑게 도전하는 것이 중요하다고 생각합니다. 낯선 것에 반갑게, 가까이하는 가운데 우리 삶을 더욱 풍요롭게 만들 수 있는 많은 기회와 지혜를 얻을 수 있으면 좋겠습니다.

reply

● 생각해보면 우리 인생도 항상 낯선 것들과의 만남으로 이어져 온 것 같습니다. 학창시절 매년 반이 바뀌고, 대학을 가고, 군대를 다녀오고, 직장에 들어가고… 어느 것 하나 처음이 아닌 것이 없었습니다. 다만 결혼을 하고 직장에서 어느 정도 위치가 되고 나니, 그 다음부터는 인생에 큰 변화가 없더군요.
그래서 저는 일부러 낯선 것에 도전하고 있습니다. 최근에는 새로운 모임에 참여하면서 새로운 경험을 하고, 인간관계를 넓히는 중이지요. 낯설음을 낯설지 않게 함이 나의 삶을 풍요롭게 하는 한 방법이라고 생각하며, 앞으로도 익숙함을 멀리하고 낯선 것과 함께 해보려 합니다. (from JGH)

- -

● 어느 책에서 본 말인데, '낯선 것과의 조우를 통해 이성이 시작된다' 는 문구가 있습니다. 독일 철학자 하이데거가 한 말이라는군요. 익숙한 것, 습관처럼 반복되는 동작과 행동들은 본능에 의존한 관성일 뿐 생각의 결과로 행하는 것이 아니라고 합니다. 아침에 일어나서 밥을 먹고, 회사에 가고, 일을 하고, 술 한 잔 후 집에 와서 TV를 보고 잠자리에 드는 것이 그런 것이겠지요. 생각은 마비되고, 실수도 발견하지 못

하는 그저 그런 의미 없는 삶이 계속되는 것입니다. 이때 낯선 것과 대면하게 된다면 그러한 무의미한 삶을 깨닫게 된다는 것을 표현한 말이 아닐까 합니다.

그래서 요즘 큰 변화는 아니더라도, 지루한 일상 속에서 조금이나마 다른 생각을 해보려 애쓰고 있습니다. 어제는 하지 않던 행동을 해본다거나, 색다른 취미활동을 찾아보는 것이지요. 그런 작은 행동들이 개인을 변화시키고, 나아가 우리 조직을 더욱 새롭게 만들지 않을까 합니다. (from JKS)

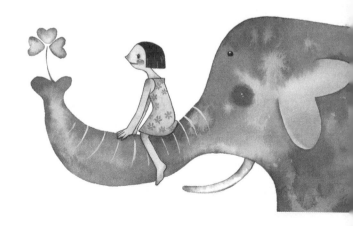

거꾸로 생각하기

　요즘 저는 간혹 아내와 투닥투닥합니다. 큰일은 아닙니다. 30년 정도 부부생활을 하면서 그리 심각하게 싸운 적도 없고, 싸워도 오래가지 않습니다. 보통 한 두 시간 안에 화해를 하지요. 오래 질질 끌면서 신경전을 벌이지는 않습니다.

　투닥투닥하는 이유는 아내가 가끔 제게 고정관념에 빠져 있지 말라고 말하기 때문입니다. 저는 비교적 자유롭고 유연한 사고를 한다고 여기는데 말이죠. 주로 제가 어떤 문제를 해결하려고 고민할 때 아내가 그런 말을 합니다. 사실 집 안 일을 할 때 제가 뭔가 한 가지 방법으로 잘 안되어 고민하고 있으면 아내가 다른 방식으로 너무나 쉽게 해결해 버려 민망할 때가 종종 있지요. 차이는 제가 주로 교과서나 매뉴얼, 또는 살아온 습관대로만 생각하기 때문입니다. 제 생각만 믿고서요. 그때 늘 아내가 말합니다. "여보, 고정관념에 빠져 있지 마세요."라고요.

　직장이나 사회에서도 비슷한 경우가 많습니다. 문제를 풀어야 하는데 길이 막히고 어려울 때가 있지요. 그때 고정관념에 빠지면 한 가지 길밖에 보이지 않고, 그나마 정답인지 확신이 서지 않습니다. 이럴 때는 오히려 정반대로 생각하고 문제에 접근하면 더 잘 풀리는 경우가 있습니다. 어려운 문제를 접하면 거꾸로 생각해보세요. 그러면 더 쉽게 답을 찾고 미처 몰랐던 신세계가 여러분 앞에 펼쳐질 수도 있습니다.

reply

● 고정관념에서 벗어나는 일은 생각처럼 쉽지 않습니다. 이제까지 해오던 방식이 습관이 되기 때문에 고정관념에 얽매이게 되는 것이죠. 고정관념의 굴레에서 벗어나 새로운 생각을 할 수 있다면 그것이 바로 변화의 시작이 아닐까 싶습니다.
(from JKS)

세계 최고의 택시기사

비전택시대학 정태성 총장이란 분이 있습니다. '세계 최고의 택시기사'가 되는 꿈을 가졌던 그분은, 최고의 서비스를 제공하는 택시기사를 양성하기 위해 사비를 털어 택시대학을 만들었다고 합니다. 정 총장께서는 택시기사를 하던 때에 일본 MK택시회사에서 연수를 받기 위해 일본어를 공부하고, 개인사업자로는 최초로 교통안전공단의 안전운전 체험교육을 받았을 정도로 열의가 대단하셨습니다.

그분은 변화와 혁신의 선두이기도 하지요. 인사법과 고객을 대하는 자세, 표정까지 기록되어 있는 매뉴얼을 항상 갖고 다니며 수시로 읽었다고 합니다. 45도로 인사하고 문 열어주기, 왼손으로 문 열고 오른손으로 위쪽을 받쳐 머리를 다치지 않게 하기, 이름을 밝히고 목적지는 복창하기, 매일 차 안팎을 세차하고 새 셔츠와 넥타이 하기, 운행시작 30분·끝나기 전 30분에 특별히 집중하여 조심운전하기, 낮에도 전조등을 켜고 뒷좌석 손님에게도 안전벨트 착용을 권하기, 밤 시간 여자 손님은 현관에 들어가는 것을 확인하기 등 손님 입장에서 보면 감동을 받기에 충분한 서비스들입니다. 이런 서비스는 기본이면서도 변화와 혁신의 마인드가 없으면 불가능합니다.

저명한 미래학자들은 앞으로 모든 산업은 서비스산업으로 전환될 것이라고 합니다. 물건은 무료로 제공하되, 지속되는 서비스에 비용을 부과하는 것이지요. 물건이 아니라 서비스를 파는 시대……. 이러한 발상의 전환은 특히 택시, 버스 등 교통산업에도 시사하는 바가 큽니다. 이제 사람들은 최고의 서비스에는 최고의 대가를 지불하는 데 익숙해져 있습니다. 비용을 줄이고 빠르게 운송하는 것만이 능사가 아니라는 것입니다. 공급자 우위의 시대에 불특정의 택시를 소비가자 선택권 없이 타는 시대에서 서비스 좋은 택시를 선택하는 타는 소비자 우위의 시대가 올 것입니다. 친절하고 안전한 서비스를 제공한다면 고객은 다시 찾게 되어 있습니다. 정태성 총장의 꿈이 이루어지기를 소망하며, 세계 최고의 교통안전 전문기관을 향한 우리의 꿈이 실현될 날을 기대해봅니다.

『행복한 청소부』란 동화책이 있습니다. 매일 아침 독일에 있는 작가와 음악가들의 거리 표지판을 닦는 청소부의 이야기입니다. 그는 자기 일을 사랑하지만, 어느 날 자신이 닦는 표지판에 쓰여 있는 작가와 음악가들에 대해 아무것도 모른다는 사실을 깨닫고 그에 대해 공부하기 시작합니다. 마침내 그는 표지판을 닦으며 강연을 할 정도로 많은 것을 알게 되었습니다. 그는 유명해졌고, 여러 대학에서 강연을 부탁했지만 모두 거절했습니다. "나는 청소부입니다. 강연을 하는 것은 오로지 내 자신의 즐거움을 위해서랍니다. 나는 교수가 되고 싶지 않습니다. 지금 내가 하는 일을 계속하고 싶습니다." 청소부가 행복을 느끼는 것은 일 그 자체였지, 명예와 돈이 아니었습니다.

직업은 생계를 유지하는 수단이자, 사회에서 자신의 자아를 실현하는 방법입니다. '세계 최고의 택시기사'와 '행복한 청소부'처럼 자기 직업에 대해 만족을 넘어 보람과 긍지를 느낄 수 있다면 아마 그 사람의 인생은 매일 매일이 온통 행복으로 가득하겠지요.

오늘, 지금 내가 하고 있는 일을 어떻게 마주하고 있는지 생각해봅니다. 마지못해 하고 있다는 생각이 들면, 일 속에서 재미있는 일을 발견하고 보람을 느낄 수 있도록 노력해보려고 합니다. 진정한 행복은 바로 즐겁게 일하는 데 있으니까요. 그렇게 즐겁게 일하다 보면 우리 조직의 꿈도 반드시 실현될 수 있을 것입니다. (from KJM)

새로움에 도전하는 힘

　새로움에 도전하는 힘은 어디서 나올까요? 여러 가지 생각과 태도에서 나오지만 그 중 하나가 바로 '버림'이라고 생각합니다. 옛 생각과 고루한 습관 등을 버리십시오. 과감하게 잘 버려야 새로운 것을 잘 받아들일 수 있습니다. 물건도 마찬가지고요. 애지중지하는 물건이지만 지난 3년간 쓰지 않았다면 과감하게 정리하십시오.

　어느 책에선가 본 기억이 납니다. 살찐 사람들의 특징 중 하나가 잘 버리지 못하는 것이라고 합니다. 필요 없는 것을 버리지 않고 자꾸 모으는 마음은 공명을 일으켜 몸도 버리기보다는 자꾸 모으도록 신진대사를 촉진시켜 살이 찐다는 것이지요. 과거에 연연하고 지난 것을 너무 많이 지니고 있으면 우리 정신세계는 그만큼 과거 에너지에 매인다고 합니다. 과거가 앞으로 가야하는 우리를 뒤로 끌어당기는 것이지요. 우리는 앞으로 나아가야 합니다. 그러기 위해서는 어느 정도 과거와를 잘라내는 것이 필요합니다. 미래의 에너지가 우리를 앞으로 끌어당겨야 새로운 것에 더 잘 도전하고 발전할 수 있습니다.

　우리 조직이 공공기관 지방이전에 따라 김천 청사시대를 연 지한 달이 지났습니다. 새 출발과 함께 긍정과 도전의 마인드가 더욱 필요한 때입니다. 불필요한 과거의 것들을 과감하게 잘라내어

버리고 과거의 좋은 경험은 새로운 도전을 위한 밑거름으로 잘 간직하여 높이뛰기 선수가 모든 힘을 모아 도약대를 힘껏 밟고 훌쩍 뛰어 오르듯 힘차게 미래를 향해 전진해야겠습니다.

reply

● 김천 청사로 이전한 지도 벌써 한 달이 지났네요. 아직 불편한 점이 한 두개가 아니지만 그래도 그럭저럭 적응하며 근무하고 있습니다. 공기가 좋아서 일과 후에는 동료들과 운동도 하고, 맛집도 찾아다니면서 여가시간을 보내고 있지요. 말씀대로 '옛 것'을 모두 버리고 시원한 마음으로 김천에 와서 다시 시작하니 새로운 에너지와 힘이 넘치는 기분입니다. 앞으로 더 크게 발전할 우리 조직을 꿈꾸며, 더 큰 생각으로 업무를 추진하도록 하겠습니다. (from JNY)

반반일 땐 긍정적인 쪽으로

일을 하다 보면 여러 경우가 발생합니다. 특히 새로운 업무를 가지고 회의를 해보면 부정적인 스타일과 긍정적인 스타일로 나뉩니다. 흔히 보수적, 객관적이라는 이름으로 불리는 것들도 사실은 부정적인 쪽에 가깝습니다. 물론 회의주제나 업무내용에 따라 다르겠지만, 너무 보수적인 시각으로 바라보면 회의가 더 이상 진전이 없지요. 무언가 해결방안을 찾으려면 긍정적인 시각으로 바라보아야 합니다. 그래야 더 좋은 아이디어가 나오는 법입니다.

'비관적인 의견이 낙관적인 의견보다 옳을 때가 많다. 하지만 세상을 바꾼 혁신은 모두 낙관적인 의견에서 나왔다'는 말이 있습니다. 가능성이 50%라면, 긍정적인 방향으로 가는 것이 맞습니다. 일단 부정적인 생각을 갖게 되면 해결책은 더 이상 나오지 않습니다. 긍정적인 쪽으로 가야 미래가 보입니다.

업무를 새로 담당하는 직원도 첫 반응이 "왜 하지요?", "왜 내가 해야 하나요?"라고 부정적인 반응을 먼저 보이는 경우가 종종 있습니다. 이런 경우는 진전이 없더군요. 어떤 일이든 한번 해보자하고 시작해서 추진하다 보면 중간 중간 해결책이 나오고 도와주는 분들이 생기더군요.

그렇게 긍정적인 사람이 많아지면 조직 전체가 긍정적으로 변하게 됩니다. 부정적인 사람은 부정적인 기운을 내뿜기 때문에 그들과 이야기하다 보면 내 기분도 같이 비관적이 되어버립니다. 반면 긍정적인 사람은 주변에도 긍정의 에너지를 전파합니다. 안 될 일도 되게 하고, 생각지도 못한 곳에서 좋은 아이디어가 나옵니다. 일단 시작해서 추진하다 보면 방법이 생기고, 해결책이 나오기 마련이지요. 반반일 땐 긍정적인 쪽으로 생각하는 습관을 들입시다.

reply

● 어느 날 우연히 제가 하는 행동들을 객관적으로 보게 되었을 때 주로 부정적인 태도를 보이진 않았는지 돌아보게 되네요. 잔걱정이 많은 성격도 한 몫 한 것 같고 새로운 것에 대한 불안감도 그렇고요. 그래서 요즘은 긍정일기를 쓰고 있습니다. 매사에 좋은 점을 보도록 노력하니 매사에 감사하는 마음도 생기고 제 마음도 편해지는 것을 느꼈습니다. 앞으로도 평소 생활 습관뿐 만 아니라 업무 중에도 긍정적으로 행동하도록 노력해보겠습니다. (from KBM)

태풍을 이긴 사과

생각을 바꿔 성공한 사례입니다. 일본에 맛있고 튼튼한 무농약 사과를 재배하는데 온 정성을 들이던 농부가 있었습니다. 여러 번의 실패 끝에 원하던 품질의 사과를 재배하는 데 성공하였습니다. 그런데 사과를 수확하기 직전에 큰 태풍이 와서 많은 사과가 떨어져 버렸습니다. 한해 농사를 망친 셈이지요. 크게 낙담하던 중에 농부는 몇 개 남아 있지 않은 사과를 보며 새로운 생각을 합니다. 태풍에도 살아남은 사과라는 점에 착안하여 수험생들에게 절대로 떨어지지 않는 사과, 합격을 보장하는 사과라는 이름으로 마케팅을 한 것이죠. 결과는 대박이었습니다. 아주 비싼 값에 사과가 팔렸고 그 후에도 그 농장의 사과는 유명세 덕에 많이 팔리고 있다고 합니다.

태풍을 원망하며 실의에 빠져 있지만 않고 위기를 기회로 만들려고 애쓴 지혜와 의지, 역발상이 가져온 큰 성공이었지요. 어려운 문제가 닥쳤을 때 우리가 가진 것을 최대한 활용해서 역발상과 지혜로 새로운 탈출구를 찾아내는 능력, 개인과 조직 모두에게 꼭 필요하고 중요한 능력입니다.

reply

● 수능시험이 다가오면 나오는 합격사과에 이런 사연이 있었네요. 재미있게 잘 읽었습니다. 새로운 업무를 받아 조금은 벅찬 일주일이지만, 저도 제 능력을 한껏 올릴 수 있는 기회로 만드는 지혜로운 사람이 되어야겠네요. 좋은 한 주 보내시기 바랍니다. (from JNY)

영원한 일등은 없다

　요즘 브라질 월드컵 경기 많이 보고 계시죠? 정말 멋진 경기가 많습니다. 우리나라의 경기뿐만 아니라 다른 나라의 경기를 보면서도 느끼는 점이 많습니다. 특히 세계축구를 주도했던 '무적함대' 스페인의 몰락이 눈에 띕니다. 도전자들이 스페인에 대항할 해법을 찾는 동안 그들은 늘 하던 대로 플레이만 한 것이지요.

　스페인은 높은 볼 점유율을 바탕으로 드리블을 최소화한 채 끊임없는 패스로 경기를 풀어나가는 '티키타카tiqui-taca'로 유명합니다. 이 티키타카로 스페인은 유로 2008 우승부터 2010 남아공 월드컵, 유로 2012까지 메이저 대회 3연속 우승을 이뤄냅니다. 하지만 1등이 언제까지나 계속될 수는 없는 법. 이번 2014 브라질 월드컵에서 네덜란드는 변형 쓰리백Three-back이라는 전술을 완성시켜 스페인을 침몰시켰죠. 다른 나라들 역시 스페인 축구를 연구하면서 대응책을 마련해 온 결과, 스페인은 예선에서 탈락하고 말았습니다.

　다만 네덜란드의 이 전술도 점유율 축구를 깨기 위한 것이지, 만능은 아니라는 점에서 또 다른 해법이 기대되는 상황입니다. 실제로 이번 월드컵 우승팀인 독일은 전방위적 압박축구로 압도적인 전력을 뽐냈기도 했습니다. 세계 축구의 흐름은 우리가 생각하는 것보다 상당히 빠르게 변하고 있습니다.

이렇듯 항상 완벽한 전략, '언제나 1등'이란 존재하지 않습니다. 경영에서도 마찬가지로, 세계를 무대로 큰 성공을 거뒀던 기업이 소리 없이 사라지는 경우도 부지기수입니다. 선두에 있다고 안주하다 보면 속절없이 뒤처지고 맙니다.

끊임없이 주변의 도전과 변화를 읽고 잘 적응하는 조직이 되어야 합니다. 팀워크가 훌륭하고 개인이 전문성을 갖춘 조직, 외부 변화에 능동적으로 빠르게 적응하여 변화의 파도를 힘차게 뚫고 나가는 도전적이고 진취적인 조직이 되면 좋겠습니다.

reply

● 이번 브라질 월드컵에서 변화에 적응하지 못한 강팀들이 탈락하는 것을 보고 현실에 안주하면 결국 경쟁사회에서 뒤처질 수밖에 없다는 것을 다시 한 번 느끼게 되었습니다. 영원한 1등이란 없기에, 누구나 희망을 갖고 세상을 살아가는 건 아닐까 하는 생각도 들었고요. 이번 월드컵에서 우승한 독일처럼 현실에 안주하지 않고 강력한 팀워크를 바탕으로 변화에 능동적으로 대처하는 그런 강한 조직이 되길 꿈꿔봅니다. (from KYJ)

이봐, 해 보긴 해 봤어?

— 정주영

가장 큰 위험은 위험 없는 삶이다.

— 스티븐 코비

돈을 잃는 것은 적게 잃은 것이다.
그러나 명예를 잃는 것은 크게 잃은 것이다.
더더욱 용기를 잃는 것은 전부를 잃는 것이다.

— 윈스턴 처칠

세 번째 이야기 | Challenge

도전!
열정의 바다로
나아가다

열정의 바다로 🌿

우리가 무슨 일을 하던지 열정을 갖고 도전을 합시다. 열정의 바다로 나아가서 힘차게 도전합시다. 낡은 관습에 도전하여 힘차게 변화를 추구하며, 어떠한 어려움 속에서도 작은 희망을 잃지 않고 우리의 꿈을 이루기 위해 도전합시다. 그러면 반드시 행복을 이룰 수 있다고 생각합니다.

우리가 희망을 갖고 변화를 추구할 때 무엇이 가장 중요할까요? 구체적인 목표, 세밀한 계획 모두 중요하지요. 하지만 무엇보다 도전은 열정을 갖고 해야 합니다. 열정熱情이란 무엇일까요? 국어사전에는 '어떤 일에 대한 열렬한 애정을 가지고 열중하는 마음'이라 정의합니다. 열정적인 마음으로 힘차게 도전하면 우리는 반드시 목표한 것을 이룰 수 있습니다.

이와 함께, 구체적이고 세밀하게 계획을 세워 준비해야 합니다. 목표를 막연하게 세우고 그냥 도전해선 안 되겠지요. 계획은 구체적으로 준비할수록 좋습니다. 그렇지만 너무 세심하게 계획을 세우느라 준비가 덜 되어 있다는 이유로 도전할 시기를 놓치면 결코 안 됩니다. 시간을 정해 놓고 그 시간을 정확하게 지키는 것도 매우 중요합니다. 준비가 다소 미흡하더라도 때를 놓치지 않고 과감하고 용기 있게 도전해 나가야합니다.

열심히 도전하다 보면 우리가 미처 생각하지 못했던 것을 도중에 보완할 수도 있고, 우리를 도와주는 우군友軍을 만날 수도 있습니다. 또 미처 생각지 못했던 아이디어가 떠오르기도 합니다. 너무 지레 겁먹고 조심스럽게 모든 준비가 끝날 때까지 기다릴 필요는 없습니다. 일단 목표가 생기고 어느 정도의 실행계획이 준비되면 열정적인 마음으로 도전을 시작하는 게 중요합니다. 우리가 열정적으로 도전해 나아갈 때, 많은 우주의 에너지가 우리를 도울 것입니다. 너무 조심하거나 조바심내지 마십시오.

당당하게 도전해 나가십시오. 우리가 멋지게, 신나게 도전하면 우리 주변 사람들이 우리에게 박수치고 도와줄 것입니다. 우리가 소심하게, 엉거주춤하면 아무도 도와주지 않습니다. 자신 있게 우리를 사랑하면서 열정의 바다로 나갑시다. 긍정적인 마음에서 우러나는 큰 힘을 갖고 힘차게 앞으로 뛰어 나갑시다. 그러면 우리가 미처 생각지 못했던 큰 성과를 얻게 될 것입니다. 오늘도 멋지게, 희망차게 열정의 바다로 뛰어 듭시다. 우리는 반드시 우리의 목표를 이룰 것입니다. 반드시 성공할 것입니다. 우리는 '우리를 믿는다'는 자신감을 갖고 나아갑시다.

● 휴대전화를 사면 매뉴얼을 전부 다 읽어보고 사용하지는 않습니다. 일단 기본적인 내용만 읽고 사용해보면서 익히지요. 어렸을 적 자전거를 배울 때도 이론을 오랫동안 배운 적은 없습니다. 형의 몇 마디 조언을 듣고 일단 밖으로 나가 자전거에 오르고 넘어지면서 배웠지요. 고백하지 못하고 이리저리 주저하다가 놓쳐버린 첫사랑은 어떠한가요? '시작이 반이다' 라는 말처럼 일단 용기를 갖고 뜨거운 마음으로 온 힘을 다해 도전하는 것이 성공으로 다가가는 가장 중요한 첫걸음인 것 같습니다.

(from JSJ)

유쾌! 상쾌! 통쾌! 파이팅!

활기찬 조직문화를 만들고자 아이디어 공모를 통해 사내 구호를 선정했습니다. 70여 개의 구호 중 '유쾌! 상쾌! 통쾌! 파이팅!'이 1위를 차지했는데요, 회의를 마치며 참석자들과 구호를 힘차게 외쳐보았습니다. 표정도 밝아지고 '정말 우리가 한 마음으로 소통하며 일하는구나'라는 일체감도 자연스레 느껴졌습니다. 아마도 구호의 힘이겠지요.

목표를 달성하기 위해서는 조직원 모두의 공감이 무엇보다 중요합니다. 또한, 하나 된 마음이 흔들리지 않도록 꿈을 이루겠다는 끊임없는 다짐도 있어야 합니다. 세계 최고를 향한 하나 된 곧은 의지와 신념은 조직원의 일체감은 물론, 국민들의 신뢰와 사랑도 선물하기 때문입니다.

그래서 성공하는 조직은 구성원 모두가 같은 곳을 바라보며 함께 나아가는 조직력과 단결력이 뛰어납니다. 많은 조직이 구호나 CI, 사가社歌, 유니폼 등을 정해 임직원의 마음을 한 곳으로 모으는 것도 같은 이유입니다. 특히, 안전과 고객서비스가 중요한 조직일수록 구호 제창을 많이 하고 있습니다. 두 분야 모두 잠깐의 방심으로 그간 이루어 온 성과들을 한 번에 잃을 수 있기 때문입니다.

서울메트로는 각 역마다 '친절! 미소! 행복! 오늘도 파이팅!'으로 업무를 시작하고 한전, 포스코, 우정사업본부 등도 작업 현장에서 구호 제창이 생활화되어 있다고 합니다. '해바라기(해보자 안전실천, 바꿔보자 안전의식, 나부터 실천하자, 기본에 충실하자)'라는 구호를 통해 안전 사고 제로를 이루었다는 한 소방서에 관한 기사를 읽은 기억도 나는군요. 일본 도요타자동차는 '모럴 업Moral-Up'이라는 프로그램 중 개인과 팀 구호를 제창하는 과정을 통해 지속적 혁신과 인간존중이라는 기업정신을 체화하고 있다고 합니다.

'어떤 말을 만 번 이상 되풀이하면 반드시 미래에 그 말이 이루어진다'라는 아프리카 속담이 있다고 합니다. 말은 우리의 생각이고 믿음이며 창조의 힘입니다. 원하는 것을 말하고 또 말하면서 노력하면, 결국 그것은 현실이 될 것입니다.

reply

● 언령言靈이란 말처럼, 말에는 혼이 담겨있어서 좋은 말을 되풀이하면 정말 이루어지는 효과가 있다고 하죠. 2002년 월드컵 때 '꿈★은 이루어진다' 라는 정말 잊을 수 없는 구호도 있었지요. 우리 조직의 핵심가치나 교통사고 예방 캠페인에 사용하는 구호 등도 모두 같은 맥락에서 자주 읽고 따라할수록 정말 그것이 이루어지는 효과가 있을 것 같습니다. 이번에 선정된 '유쾌! 상쾌! 통쾌! 파이팅!' 도 아주 좋은 구호라고 생각됩니다. 모두 함께 크게 외치면 기분이 좋아지면서 모든 일이 잘 풀릴 것 같다는 생각이 듭니다. (from HKS)

세계 최고, 꿈이 아닌 현실

　조직의 미래는 직원들의 전문성에 달려있습니다. 세계 최고의 기관이 되려면 세계 최고의 전문성을 갖춘 직원들이 있어야 하지요. 우리 조직의 목표는 '세계 최고의 교통안전 전문기관'입니다. IT, 반도체, 조선 등 세계 1위인 다른 분야에 비해 거의 최하위권에 있는 우리나라의 교통안전수준을 생각할 때, 우리 조직이 해야 할 일은 너무나 많습니다.

　이를 위해 우리는 부단히 노력하고, 공부하고, 전문성을 키워야 합니다. 여러분들 각자가 자기 분야에서 세계 최고의 전문가가 되어야 하는 것이지요. 예를 들어 자동차안전연구원에 있는 A과장이라고 하면 자동차 부품에 관해서, 자동차검사소에 있는 B대리라고 하면 자동차검사에 관해서 누구나 인정하는 최고의 전문가가 되어야 한다는 것입니다. 너무나 당연한 일이지만 지금까지 누구도 진지하게 생각하지 않았던 것이겠지요.

　지금 그 자리에서 계속 공부하고, 전문성을 키워나가십시오. 이론적으로 정리가 되었다면 학회 등을 통해 마음껏 발표하셔도 좋습니다. 그렇게 5년, 10년이 지나면 여러분은 국내 최고의 전문가가 될 것이고, 20년이 지나면 세계 수준으로 올라서게 될 것이며, 30년을 투자하면 그야말로 세계 최고의 전문가가 되어있을 것입니다.

앞으로 훌륭한 인재 선발과 함께 직원들이 계속 성장할 수 있는 체계화된 보직경로를 만들고, 뛰어난 교육시스템을 구축해 세계 최고의 전문가를 육성할 생각입니다. 바로 그것이 우리 조직이 세계 최고의 교통안전 전문기관이 되는 길이고, 국민들이 안전하고 행복하게 살 수 있는 가장 좋은 방법이기 때문입니다.

reply

● 공부의 중요성은 누구나 인식하고 있지만 실제 현장에서는 일상적인 직무교육을 받으려고 해도 늘 인력이 부족한 관계로 눈치가 보이는 게 사실입니다. 하지만 끊임없는 배움 없이 어떻게 최고의 기술력과 서비스 수준을 유지할 수 있을까요? 바쁜 시간이지만 짬을 내어 배우는 것만이 해답이라고 생각합니다. 경영진들이 직원 교육에 대한 관점이 바뀌어야 한다고 늘 생각했는데 이제 조금씩 달라지는 것을 느낍니다. 직원들이 성장하고 마음껏 공부할 수 있는 체계화된 보직경로와 앞선 교육시스템을 구축한다면 세계 최고의 교통안전 전문기관이 되는 길도 머지않았다고 믿습니다.(from JJM)

봄꽃이 피는 이유

겨우내 움츠렸던 대지에 만물이 새롭게 싹을 틔우는 봄입니다. 저는 이맘때가 되면 참 신기하다는 생각을 하곤 합니다. 요즘의 아름답게 피어난 꽃들을 보면 나무에 잎보다 꽃이 왜 먼저 피는지가 궁금해지더군요. 상식적으로 잎이 먼저 나오고 광합성을 통해 양분을 만들어서 꽃을 피울 것 같은데 말이지요. 꽤 오랫동안 봄이 되면 떠오르던 궁금증인데, 최근에야 그 이유를 알게 되었습니다.

사실 봄에 피는 꽃은 일찍 피는 게 아니라 늦게 피는 것이라고 합니다. 개화開花는 광선이나 온도 등 환경에 영향을 받는데, 개나리나 진달래와 같은 봄꽃은 전년도에 형성된 꽃눈의 개화에 낮은 온도 상태가 필요하기 때문에 겨울이 지나고 나서야 꽃이 피는 것이지요.

반면 장미, 무궁화 등 잎이 먼저 나오고 꽃이 피는 것들은 잎에서 영양분을 만들어 비축하고 있다가 일조량이 변화하면 바로 몇 주 안에 꽃을 피우므로 잎이 나온 다음에 꽃이 피게 됩니다. 혹자는 이런 차이가 다른 꽃들의 피는 시기를 피해 수정 확률을 높이고자 하는 진화의 결과라고 설명하기도 하지만, 어찌되었건 자연의 섭리는 신비롭습니다.

우리 삶도 이와 같습니다. 몸속에 양분을 저장한 채 추운 겨울을 이겨내고, 마침내 따뜻한 봄이 왔을 때 비로소 준비해온 에너지를 발산하며 온갖 힘을 다해 꽃을 피우고 열매를 맺는 모습이 우리 인생과도 맞닿아 있습니다. 마음속에 간직한 꿈과 희망, 소원을 이루기 위해 참고 인내하면서 아름다운 꽃을 피우게 될 순간을 기다리는 것이 바로 우리의 인생이니까요.

어려운 때일수록 준비를 충실히 한 사람이 나중에 가장 아름다운 꽃을 피울 수 있고, 무성한 숲을 이루는 것이 자연과 인생의 이치가 아닐까 합니다. 밝고 아름다운 우리 미래를 위해, 오늘도 참고 노력하고 준비하는 하루가 되었으면 합니다.

reply

● 준비된 봄날에 대한 이야기는 요즘 제가 늘 생각하는 우리 조직의 미래에 대한 고민과 이어지는 듯합니다. 현 상황에 안주하는 문명은 사멸하게 되고 끝없이 투쟁하고 경쟁하고 확장하는 문명만이 시대의 패권을 잡을 수 있듯이, 준비하고 도전하는 조직만이 발전할 수 있는 법입니다. 우리 조직은 과거에도 그랬지만 지금도 새로운 도전에 소극적인 면이 없지 않다고 생각됩니다. 봄꽃은 일찍 피는 게 아니라 늦게 피는 것과 같이, 우리도 조금은 늦었지만 시대의 사명에 맞게 봄꽃을 피워야 되는 시기가 왔습니다. 이제는 과감히 도전할 때입니다. 성공은 도전하는 자의 것이라는 사실을 항상 기억하며, 밝은 미래를 선도하는 시발점이 되고자 많은 좋은 사업들을 열심히 추진하도록 하겠습니다.(from CKH)

나도 선배가 될까?

얼마 전 젊은 직원들로 구성된 그린보드Green Board 위원들을 만났습니다. 본사를 김천혁신도시로 이전한 후 이사를 어디로 할지, 결혼은 어떻게 해야 할지, 미래를 어떻게 설계하고 생활해야 할지 고민하는 직원들이 많았습니다. 저는 한 30년 근무할 테니 김천시 외곽에 전원주택을 짓고 아름답게 가꾸고 투자해보라고 했습니다. 그랬더니 앞으로 직장에서 30년을 일한다는 게 까마득히 먼 미래처럼 느껴진다고 하더군요.

저도 직장생활을 시작할 때 20~30년 근무하고 있는 선배들을 보며 '와! 정말 골동품, 국보급 선배들이네'라고 생각했습니다. 어떻게 저렇게 오래 한 곳에서 일할 수 있는지 신기하더군요. 저도 공직생활 중간에 더 도전적인 일로 이직을 할까 고민한 적도 있었습니다. 하지만 열심히 일하며 승진도 하고 책임이 커지다보니 더 오래 한 직장에 몸담다가 영예로운 퇴직을 하였지요. 퇴직하는 선배를 보며 내게 저런 순간이 올까 싶었는데, 금방 제가 그 선배처럼 되더군요. 직장에서의 20~30년, 정말 눈 깜짝할 사이입니다.

우리 사회는 연공서열年功序列을 중시하다 보니 선배들이 퇴직해야 후배들이 승진할 수 있어서 오래된 선배들을 그리 존경하는 분위기가 아닙니다. 그러나 제가 UN 국제민간항공기구ICAO에 근무할 때, 그곳에서 30~40년 근무한 선배들을 베테랑^{veteran}으로 진심으로 존경하고 축하하는 것을 보고 참 감동했습니다. 우리 사회도 이처럼 한 분야에 오래 종사하여 기술과 지식이 노련하고 뛰어난 전문가가 존경받는 시대가 될 것입니다. 젊고 직장 생활을 한 지 얼마 되지 않았다고 남의 이야기처럼 생각하지 마세요. 시간이 정말 쏜살같습니다.

20~30년 직장생활 동안 꿈을 갖고 목표를 향해 도전하십시오. 시간이 지나면 그 꿈대로 됩니다. 2~3년 후 자격증 취득, 시험 합격 등 목표를 세우고 노력하면 그대로 됩니다. 하지만 목표가 없으면 아무것도 이루지 못합니다. 목표를 세우로 우직하게 전진하십시오.

reply

● 죽기 전에 꼭 해보고 싶은 일과 보고 싶은 것들을 적는 버킷리스트란 것이 있습니다. 실제로 이 버킷리스트를 작성해보면 생각보다 오랜 시간이 걸리는데, 처음엔 여행같이 금방 떠오르는 걸 적다가 나중에는 내가 뭘 하고 싶은지, 무엇이 되고 싶은지 좀 더 근본적인 고민을 하게 된다고 하네요. '죽기 전에 해보고 싶은 일'이란 곧 '사는 동안 내가 이루어야 할 일'을 뜻하기 때문이 아닐까 합니다.

생각이 떠오른 김에 저도 버킷리스트를 작성해 봤습니다. 어디서 본 것이 있어, 10개나 20개가 아니라 시간을 두고 최대한 많이 작성을 했습니다. 하고 싶은 일들은 샤워를 하거나 밥을 먹다가, 또는 자면서 꿈을 꿀 때도 떠오르니까요. 그렇게 작성한 리스트를 다시 그룹화하고 중요도에 따라 재배치하니 맨 위에 있는 것들이 바로 인생의 목표가 되더군요. 이렇게 목표를 정하고 그것을 향해 준비하는 삶을 산다면 먼 훗날 직장을 그만둘 때, 또는 죽기 전에 후회를 남기지 않는 인생을 살 수 있지 않을까 생각해보았습니다.

'인생에서 가장 많이 후회하는 것은 한 일들이 아니라 하지 않은 일들'이라고 합니다. 아직 젊지만, 30년 후를 보고 천천히 나아가겠습니다. (from HSJ)

내일을 준비하는 쉼터, 장마

　장마가 계속되고 있습니다. 날씨도 우중충하고 생활도 불편해서 그다지 반갑지는 않지요. 집중호우라도 내리게 되면 많은 인명과 재산피해가 발생하기 때문에 늘 긴장하게 됩니다. '가뭄 끝은 있어도 장마 끝은 없다'거나 '칠 년 가뭄에는 살아도 석 달 장마에는 못산다'는 등의 옛 말에서도 알 수 있듯이 수해水害는 늘 두려움의 대상이었지요.

　장마는 우리 역사에도 많은 영향을 끼쳤습니다. 598년 수나라가 30만 대군을 동원하여 고구려를 침공했을 때가 마침 장마철이었는데 집중호우로 산사태가 나고 하천이 범람하여 보급품의 수송이 끊겼다고 합니다. 전염병이 창궐하고, 황해를 건너던 해군도 폭풍을 만나 대부분 난파되어 전투조차 해보지 못하고 퇴각했다고 하지요. 장마가 고구려 대신 싸워 준 셈입니다. 이후 몽고군이 고려와 연합하여 일본 정벌에 나섰을 때도 이른바 '가미카제神風'라 불리는 폭풍이 몰아쳐 두 번이나 실패를 했었고, 고려 말 명나라를 공격하려던 이성계가 위화도에 도착했을 무렵 장마가 시작되어 회군을 요청했으나 왕이 이를 받아들이지 않자 군사를 돌려 쿠데타를 일으켜 조선을 건국했던 사례도 있습니다. 여기에는 많은 다른 의견들이 있긴 하지만, 장마가 우리 역사에 큰 영향을 끼쳤음을 부인할 수는 없겠지요.

한편, 장마는 우리 생활에 절대 없어서는 안 될 고마운 존재이기도 합니다. 봄 가뭄을 해소하고, 찌는 듯한 여름의 무더위도 식혀주지요. 장마가 없다면 6월부터 30도가 넘는 무더위가 계속되어 생활이 매우 어려워질 것입니다. 또한 여름철에 많은 비가 집중되는 기후 특성상, 장마는 귀중한 수자원 확보에도 큰 도움이 되고 있습니다. 상당한 기간 동안 생활에 불편을 주는데도 장마가 우리에게 꼭 필요한 이유입니다.

저는 또 이런 생각을 합니다. 1년이라는 시간 속에 잠시 쉬어가는 여유를 주는 장마는 우리 인생에서도 과거를 돌아보고 내일을 준비하는 쉼터 같은 의미가 있는 것 같습니다. 쉼 없이 앞으로만 전진하다 보면 어려움에 부딪쳤을 때 이를 헤쳐 나가는 힘이 모자랄 수 있기 때문입니다. 지금까지 걸어온 길, 지금 하고 있는 일, 앞으로 해야 할 일에 대해 다시 한 번 점검하고 충실히 준비하는 시간을 갖는 것은 우리 자신을 더 힘 있고 건강하게 만들어 줄 것입니다.

지루한 장마철, 비가 오고 우중충한 날씨에 기분이 가라앉는다 해도 평소보다 더 환한 표정으로 힘차게 생활하면서 내일을 준비하는 알찬 시간을 보낸다면, 여러분들의 앞날에는 밝고 맑은 햇살만이 가득할 것입니다.

● 귀찮게만 여겼던 장마인데, 이사장님 말씀을 듣고 보니 또 그것이 운치가 있게 느껴집니다. 잠시 쉬어가라는 뜻으로 받아들인다면 기분도 좋아지고 더 나은 내일을 준비할 수 있는 마음의 여유도 생길 것 같습니다. 관점을 다르게 해서 얻을 수 있는 장점이 아닐까 생각해봅니다. (from CHD)

자신을 사랑해야 남을 사랑할 수 있다

우리 기관이 올해 상을 참 많이 받았습니다. 5월에 '코리아 탑 브랜드 대상'을 시작으로 6월 '올해의 CEO 대상', 9월 '대한민국 윤리경영 종합대상', 그리고 이번 달에는 '존경받는 기업 종합대상'을 받았습니다. 여러분들이 열정을 갖고 어떻게 하면 더 잘 할 수 있을까, 어떻게 하면 국민의 신뢰를 받을 수 있을까 고민하면서 열심히 일해 주신 덕분입니다.

저는 항상 모든 일을 국민의 입장에서 공정하고 투명하게 처리하자고 말씀드렸습니다. 또 치열한 고민을 하면서 새로운 변화와 도전을 향해 나아가자고 말씀드려 왔습니다. 제가 말씀드렸던 많은 것들이 하나씩 모두 이루어지고 있습니다. 우리 조직은 국민이 기본적으로 누려야 할 안전과 행복을 증대시키기 위해 존재합니다. 또 무엇보다 소중한 생명을 지키는 일을 하고 있습니다. 정말 엄청나게 존귀한 일이지요. 그런 중요한 일을 하고 있는 여러분들께 제가 얼마나 고맙고 감사한지 모르겠습니다.

여러분들 모두 자신을 귀하게 생각하십시오. 그리고 여러분들이 우리 조직과 이 사회에 큰 기여를 하고 있다고 자랑하십시오. 그렇게 스스로를 높여가되, 국민들께는 항상 겸손하고 겸허하게 대하는 것을 잊지 마시기 바랍니다. 그런 마음자세로 스스로 바꾸고 고쳐나가야 할 것이 있는지 찾아보고 변화해 나갑시다. 목표는 멀리, 높이 두고 그것을 향해서 천천히 뚜벅뚜벅 끊임없이 전진해 나갑시다.

reply

● 자신을 귀하게 여기되 겸손한 자세를 잊지 말라, 참 좋은 말입니다. 스스로 자긍심을 갖게 되면 자신의 일에 노력을 하게 되고, 용기를 갖게 되며, 미래에 대한 희망도 갖게 됩니다. 스스로를 낮게 평가하는 사람은 그처럼 남들에 의해서도 낮게 평가되는 법이니, 자기가 자신을 어떻게 평가하느냐에 따라 운명이 달라진다고 할 수 있겠지요. 여기에 타인을 배려하고 자신의 부족한 점을 끊임없이 보완해 나가려는 겸손함까지 겸비한다면 최고의 인재가 될 것입니다. (from HSY)

● 스탠퍼드 대학의 설립 일화가 있습니다. 1885년 어느 날, 하버드 대학 총장실로 초라하게 입은 부부가 와서 면담을 요청했습니다. 비서는 외모로 보아 만나게 할 필요가 없는 사람으로 판단하고 쫓아냈는데 두 사람은 계속 기다렸지요. 할 수 없이 몇 마디하고 돌려보낼 생각으로 총장이 그 부부를 만났습니다. 부인은 하버드에 다니던 아들이 사망하여 기념물을 교정에 세우고 싶다고 했지만, 총장은 그러다가는 교정이 공동묘지가 될 거라며 거절했습니다. 그러자 부인은 조각상이 아니라 건물을 짓고 싶다고 했습니다. 총장은 다시 한 번 부부의 행색을 훑어보고는 대학을 세우는 데 자그마치 750만 달러가 넘게 들었다며 비웃었습니다. 부인은 한동안 침묵하다가 남편에게 이렇게 말합니다. "여보, 그 정도밖에 안 든다면 우리가 대학을 하나 세워봅시다." 그렇게 하버드 대학을 나온 부부는 캘리포니아로 가서 자신들의 이름을 따 스탠퍼드 대학을 세웠습니다.

진정 겸손한 사람은 겸손을 부끄러워하지 않고 자랑스럽게 생각합니다. 그것이 자긍심이지요. 나 자신을, 우리 조직을 자랑스러워하며 겸손하고자 노력한다면 인생에서 성공하는 것은 물론 최고의 조직을 만들 수 있지 않을까 합니다. (from LJM)

혁신을 이끄는 배려와 소통

조직이 혁신하기 위해 가장 중요한 과제는 무엇일까요? 성과중심의 인센티브 체계, 직원 교육, CEO의 확고한 의지 등 다양한 요인들이 어우러져야 하지만, 무엇보다 중요한 점은 구성원의 '공감'이라고 생각합니다. 우리가 지금 어디에 있고 왜 혁신해야 하는지 스스로 깨닫지 못한다면 아무리 좋은 제도를 만들어도 온전한 효과를 내지 못하기 때문입니다.

문제를 제대로 파악해야 올바른 해답을 찾을 수 있듯이, 현재 우리의 상황에 대한 자각이 있어야 생산적인 혁신안이 나올 수 있습니다. 조직 구성원의 공감 없이는 어떠한 혁신이나 개혁도 성공할 수 없습니다.

공감은 서로에 대한 배려와 소통에서 시작됩니다. 서로에 대한 배려가 있어야 자유로운 소통이 가능하고, 이를 통한 문제인식과 혁신을 위한 창조적 아이디어가 생길 수 있습니다.

여러분과 함께 새롭게 시작한 '더 높이 더 넓게' 발표회가 자유로운 소통의 문화를 만드는 데 기여하길 바랍니다. 직급, 직책, 나이에 상관없이 좋은 아이디어나 제도개선 사항, 개인적으로 연구하는 주제 등 무엇이든 자유롭게 발표하고 토론해 주기 바랍니다.

평소에 업무를 하면서 고쳤으면 하는 점들을 떠올려 보시면 발표거리가 많을 겁니다. 이런 작은 시도를 계기로 해서 서로 함께 '세계 최고'라는 우리의 목적지를 향해 힘차게 나아가길 기대해봅니다.

reply

● 요즘 직원들과 공감하기 위해서 거울을 보며 웃는 연습을 하고 있습니다. '행복해서 웃는 것이 아니라 웃어서 행복하다'는 말처럼, 제가 먼저 웃으며 다가가니 서로 마음을 열기가 쉬워지는 것 같습니다. 소통이 공감이고, 공감해야 혁신할 수 있다는 사실을 명심하겠습니다. (from SBY)

● 2002년 월드컵에서 히딩크 감독의 우리나라 축구대표팀이 만든 4강 신화는 지금 생각해도 가슴 벅찹니다. 히딩크 감독의 성공 비결에 관한 많은 책들이 나왔고, '히딩크식 경영'이라는 신조어까지 생겼으니 그 사회적 파장도 어마어마했던 것 같습니다.

당시 히딩크 감독은 하나가 운동장에서 선수끼리 '이름'을 부르고 '많은 대화를 시도하라'고 했습니다. 선후배 문화가 엄격한 우리나라에서 파격적인 시도였지요. 패스미스가 생기면 땅만 쳐다보며 후회하지 말고, A와 B가 서로의 이름을 부르며 왜 자신은 그 쪽으로 패스를 했는지, 왜 너는 볼과 다른 방향으로 뛰어갔는지에 대해 이야기하게 한 것입니다. 그런 소통의 과정을 통해 선수들이 서로 공감하게 되고 감독의 전략을 선수들이 한뜻으로 이해할 수 있게 되어 창조적인 플레이를 할 수 있었습니다. 소통과 공감만으로 혁신을 할 수는 없지만, 이 둘 없이는 혁신할 수 없습니다. 소통이 없는 조직에서는 혁신의 바람도 막혀버려 조직이 발전할 수 없습니다,

오늘부터 제 옆에 있는 후배와, 제 맞은편의 선배와, 그리고 제 주위의 동료들의 얼굴을 천천히 새겨보려고 합니다. 그들의 좋은 점이나 칭찬해 주고 싶은 부분을 찾아 서로 배려하는 따뜻한 분위기를 만드는 것이 소통과 공감의 시작이라 될 테니까요.
(from YJM)

함께 계속 걸어 갑시다

　매주 일요일 아침, 고등학교 시절 친구들과 함께하는 청계산 등산은 제 가장 큰 즐거움 중 하나입니다. 이런저런 세상 이야기를 하며 자연의 숨결을 느끼며 부담 없이 즐기는 산행이 얼마나 기분 좋은지요.

　지난주 산행 때 스무 명 정도의 친구들과 앞서거니 뒤서거니 걷다 문자메시지를 받았습니다. 잠시 메시지를 확인하고 답을 하는 사이 앞에 가던 사람들이 아무도 보이지 않더군요. 천천히 함께 걸을 때는 아무런 부담도 없고 빨리 간다는 생각도 안 들었는데 말이지요. '잠시 서 있었을 뿐인데 이렇게 뒤처지나'라고 생각하며 부지런히 따라 잡았습니다. 잠시 후 한 번 더 멈춰 서 문자에 답을 했는데, 이 역시 매우 짧았고 친구들의 걷는 속도가 그리 빠르지 않았음에도 어느새 제 앞에는 아무도 남아있지 않았습니다.

　그때 조금씩이라도 계속 같이 걷는 것과 멈춰 서 있는 것은 엄청난 차이가 난다는 것을 새삼 깨달았습니다. 속도가 느리더라도 함께 움직이는 것이 멈춰 있는 것보다 백 배, 천 배의 효과가 있다는 것이지요. 더불어 끊임없이 목표를 향해 나아가고, 조직의 발전을 위해 변화하는 것이 얼마나 중요한가 생각해보았습니다.

멈춰 서 있다는 것은 현상유지가 아니라 퇴보입니다. 우리가 다른 기관들보다 계속 앞서 나가기 위해서는 우리가 더 빠른 속도로 변화와 개혁을 하고 새로운 목표에 도전하여 달성해 내는 것이 중요합니다. 현재에 안주하여 멈춰 서지 말고 국민의 사랑과 신뢰를 받는 최고의 기관이라는 우리 목표를 향해 끊임없이 전진해 나갑시다.

reply

● 등산을 갈 때마다 느끼는 점을 잘 표현해 주셨군요. 산에서는 잠시만 쉬어가도 먼저 올라간 사람을 따라잡으려면 몇 배의 힘이 드는 것 같습니다. 또 자꾸 쉬었다 가는 것보다 오히려 천천히 계속 올라가는 게 힘도 덜 드는 것 같고요. 마치 토끼와 거북이의 경주처럼 느리더라도 끊임없이 움직이고 전진하는 사람이 결국엔 승리하는 게 세상의 이치가 아닐까 합니다. (from KBJ)

처음 가는 길

　등산할 때의 이야기입니다. 이번엔 산에 눈이 좀 남아 있고 땅이 미끄럽기도 하여 잠깐이지만 전에 다니던 길이 아닌 처음 가는 새 길로 가보았습니다. 시간이 흐르고 다른 사람들이 다니기 시작하면 그 새 길이 또 다른 길이 되겠지요. 사람들은 처음에는 그 길이 어떤 길인지 잘 모른 채 호기심으로 새 길을 갑니다. 그리고 그 길을 개척하고, 새로운 것을 남겨 놓으려 하지요. 그 결과 또한 우리가 만드는 것이고요.

　오늘 꽤 많은 분들이 전보 인사를 통해 새로운 임지로 가시게 됩니다. 희망했던 곳에 가시는 분도 계시고 할 수 없이 가는 분도 계시리라 생각됩니다. 조직이 가장 큰 힘을 발휘할 수 있도록 적재적소에 배치하고자 노력했고, 특히 고충을 가능한 많이 해결해드리고자 고민했습니다. 하지만 모든 분들을 원하는 곳으로 배치하기는 너무나 어려웠습니다.

　그런 가운데 핵심부서에서 수년 간 야근과 격무에 시달리면서도 처음 가는 새로운 곳을 자원하여 가는 분들이 계십니다. 조직을 위해 본인이 원하는 것을 잠시 접어두고 스스로 남들이 안 가는 곳을 가는 분들을 보면 정말 고맙고 자랑스러울 따름입니다. 당장의 이익과 손해를 따지기보다는 조직 전체를 생각하는 큰마음으로 그런 결정을 해 주신 것 같습니다. 중요한 것은 처음 가는 새 길을 가더라도 모두가 같은 목적을 가지고 같은 방향으로 전진한다는 것입니다.

이제 마음과 각오를 새롭게 하고 조직 발전을 위해 힘을 합칠 때입니다. 좀 더 활기찬 희망의 봄을 맞이하기 위해 더욱 힘차게 나아갑시다.

---

reply

● 어려운 자리에 자진해서 가신 분들, 정말 존경스럽습니다. 우리 조직의 문화 중에 좋지 않은 것이 승진 전에는 좋은 자리로, 승진 후에는 편한 자리로 가려고 한다는 점이라고 생각하는데, 이분들은 정말 자신을 희생하는 마음이 큰 것 같습니다. 아마 언젠가 모두 보답을 받으리라 생각합니다.
덧붙이자면, 우리 조직에는 소수직렬로 거의 대부분의 시간을 객지에서 보내는 분들도 있다는 점을 잊지 않았으면 합니다. 업무특성상 어쩔 수 없다지만 그분들의 헌신에 대한 배려도 꼭 필요하지 않을까 합니다. 어차피 누군가 해야만 하는 일이기에, 그분들 덕분에 국민들이 안전하고 행복하게 생활할 수 있는 것이겠지요. 고생하시는 분들께 감사를 전합니다. (from LSJ)

최고가 되기 위한 필수조건,
우리의 WILL!

　저는 우리나라가 어떻게 하면 선진국으로 발전할 수 있을지, 과연 역사상 개발도상국이 선진국으로 발전한 예가 있는지에 대한 궁금증이 있었고, 학생 때부터 관련 책을 읽고 공부를 해 왔습니다. 마침 니얼 퍼거슨의 『시빌라이제이션Civilization』이라는 책에 그 궁금증에 대한 많은 답이 있더군요.

　이 책은 서양문명이 어떻게 동양문명을 추월하여 500년이 넘는 시간동안 세계를 지배할 수 있었는지에 대해 이야기하고 있습니다. 경쟁, 과학, 재산권, 의학, 소비, 직업윤리라는 여섯 가지 요소가 바로 그 힘이라고 설명하지요. 책은 좀 두껍지만 실제사례를 통해 설명하고 있어서 지루하지 않게 읽을 수 있었습니다.

　위와 같은 선진문명이 되기 위한 조건들은 우리 조직에도 마찬가지로 적용될 것입니다. 일류 조직이 되기 위해서는 과학, 기술과 주변 여건 등이 함께 어우러져야 되어야 하지만, 가장 중요한 것은 우리 직원들의 '의지WILL'라고 생각합니다. 같이 힘차게 일하겠다는 굳센 의지, 우리 조직을 발전시키겠다는 힘찬 의지, 우리 조직을 후배들에게 더 나은 조직으로 넘겨주겠다는 그 강한 의지가 서로 응집될 때 우리 조직은 변화될 것입니다.

이런 강한 의지를 가지고 새 봄을 힘차게 맞이합시다. 우리나라가 어려웠던 개도국에서 선진국수준으로 발전한 것처럼, 우리 조직도 국민의 신뢰와 사랑을 받는 최고의 일류조직으로 발전되도록 우리의 의지를 모아봅시다.

---

reply

● 『Good to Grea』' 의 저자 짐 콜린스는 어려움을 딛고 일류기업을 만든 CEO의 특징 중 하나로 절대 포기하지 않는 불굴의 의지를 들었습니다. 그는 이 불굴의 의지를 암벽등반에 비유했는데, 한계에 도달했다고 판단해 스스로 로프를 놓는 것은 실패이고 마지막 순간까지 최선을 다한 후 떨어지는 것은 추락이라고 합니다. 실패로는 자신의 한계를 알 수 없지만, 추락은 결코 실패가 아니며 자신의 한계를 확인했기 때문에 아쉬움이 남지 않는다고 설명하더군요.

의지WILL도 이와 같이 않나 싶습니다. 혼자만의 의지가 아니라 모두의 의지가 한데 모이면 포기할 수밖에 없는 순간에도 누군가 나서서 이끌어주고, 또 밀어주면서 목표를 향해 함께 나아갈 수 있겠지요. 안타깝게도 목표를 달성하지 못하는 순간이 오더라도 최선을 다했다면 다시 한 번 도전할 수 있는 힘을 얻게 될 것입니다.

최고를 향한 우리의 도전에 힘을 보탤 수 있도록 각오를 다지는 한 주가 되길 기원합니다. (from YKH)

밀물은 반드시 들어옵니다

우리가 살다 보면 힘든 일을 많이 겪게 됩니다. 계획한 대로 일이 되지 않고 막다른 골목에 갇힌 듯 힘든 때가 많습니다. 사실 삶이 그리 녹녹치 않지요. 어려운 일, 힘든 일, 즐거운 일, 보람찬 일들이 계속 반복되는 게 우리네 삶이 아닌가 싶습니다. 삶이 힘들고 어려울 때 우리는 과연 그 고비를 어떻게 넘겨야 할까요? 불평하고 쉽게 포기하거나 화풀이하면서 보낼 수도 있겠지만, 그것은 아무런 도움이 못되고 그저 무의미할 뿐입니다.

카네기가 한 이야기가 생각납니다. '밀물은 언젠가 들어오리라'는 그림을 그는 무척 아꼈다고 합니다. 바닷가에 작은 배 한 척이 놓여 있는 그리 특별할 것 없는 그림이었는데 말이죠. 밀물이 들어오면 망망대해로 힘 있게 나아가리라는 작은 배의 소망을 그는 느낀 것이죠. 그림을 보며 항상 다짐했다고 합니다. '열심히 노력하고 준비하며 살다 보면 인생이 크게 성공하는 날이 올 것이다', '내 꿈이 이루어지는 날이 오리라'라고 말이지요.

밀물은 언젠가 들어옵니다. 그때 배를 띄우면 넓은 바다로 나아갈 수 있습니다. 밀물이라는 기회가 올 때 이를 잡느냐 못 잡느냐는 우리가 얼마나 준비되어 있는가에 달려 있습니다. 준비 없는 자는 기회를 못 잡습니다. 열심히 준비하지 않으면 기회가 와도 기회인지조차 모릅니다. 준비하는 자만이 기회를 잡을 수 있고 밀물이 올 때 망망대해로 나아가 그 꿈을 활짝 펼칠 수 있습니다.

우리 꿈을 위해 열심히 준비해서 반드시 들어 올 밀물 같은 기회를 꼭 잡읍시다.

reply

● 행동보다 말이 앞서는 빈 수레가 요란한 사람은 아무리 남들에게 인정을 받으려고 해도 인정을 받을 수 없는 법이지요. 능력이 뛰어난 사람은 굳이 스스로 말하지 않아도 자연스레 사람들의 눈에 띄게 되어 두각을 나타낸다는 '낭중지추囊中之錐' 라는 말이 떠오릅니다. 결국 누가 뭐라든지 자기 일을 열심히 하고 최고가 되기 위해 기량을 갈고 닦는 것만이 사람들에게 인정을 받을 수 있는 방법이라고 생각합니다. (from KHJ)

- -

● 인생의 글귀를 하나 갖고 있다는 것만으로도 참 멋진 일이라고 생각합니다. 저도 제 마음에 와 닿는 글귀를 찾고 있지만 아쉽게도 아직까지 만나질 못했네요. 누구에게나 밀물은 언젠가 밀려올 것입니다. 하지만 그때 준비가 되지 않았다면 아무 소용이 없겠지요. 그때를 기다리며 최선을 다해 노력한 사람만이 밀물을 타고 바다로 나아갈 수 있을 테니……. 항상 준비하고 노력하는 사람이 되도록 마음을 다잡아 봅니다. (from JJH)

끝없는 도전

우리가 어려운 목표를 잡고 이루기 위해서 열심히 노력하지만 계속 실패하는 경우가 있습니다. 도전하지만 연속해서 좌절을 맛보게 될 때, 어떻게 할까요? 가장 손쉬운 방법은 포기입니다. 포기하면 모든 것이 끝나고 더 이상 실패도 좌절도 없지요. 하지만 그것은 영원한 패배입니다. 결코 오래 좌절하고 낙심하지 마십시오. 우리가 끝없이 도전하는 것만이 결국 목표를 이루는 길입니다.

마라토너 아쿠와리J.S.Akhwari는 최고의 마라토너로 불립니다. 챔피언도 아닌데 말이지요. 그는 경기 중 심각한 부상을 당해 수십 번 넘어지고 일어나면서도 꼴찌로 완주를 했고, 사람들은 그를 불굴의 마라토너로 기억합니다.

최고의 만화가라는 〈드래곤 볼Dragon Ball〉의 토리야마 아키라도 수없이 출판사에서 퇴짜를 맞고 긴 무명 시절을 보냈다고 합니다. 유명한 과학자 중에도 많은 도전과 실패 때문에 좌절하고 자살까지 생각했던 사람들이 마지막 순간에 영감을 얻어 세계적인 발명과 발견을 한 경우가 많지요.

'힘들지, 그래도 계속 가라'는 말이 있습니다. 힘들고 멈추고 싶은 바로 그 순간에 한걸음만 더 내딛으라는 겁니다. 바로 한걸음 뒤에 여러분이 목표했고 소원했던 일이 있습니다. 절대로 포기하지 마십시오.

reply

● 희망편지를 읽으며 제가 힘들 때마다 떠올렸던 문구가 생각났습니다.
'이게 정말 죽을 정도로 힘든 일인가?'
어려움이 닥칠 때마다 이렇게 생각하면 다시금 힘이 나면서 그 어려움을 극복할 수 있었습니다. 잘 생각해보면 당장 먹을 밥이 없어 굶어죽는다거나, 낭떠러지에서 떨어지기 직전인 상황과 같이 정말로 죽을 만큼 힘든 일은 아니었거든요. 그러다 보면 어느새 다른 해결책이 보이고, 다시 시작할 수 있는 기회도 생기게 되는 것 같습니다. 나만 포기하지 않으면 길은 생기게 마련이니까요. 실패하는 사람은 포기의 이유를 찾고, 성공하는 사람은 해결방법을 찾는다는 말도 있지요. 오늘도 예전의 기억을 가슴에 새기고 하루를 시작하겠습니다. (from JCK)

● 산악인 엄홍길 대장은 '스스로를 이겨내는 의지로 간절히 바라고 원한다면 꿈은 이루어진다'고 말합니다. 자신을 이겨내는 것이 가장 강한 것이라는 자승최강自勝最强과 한 가지 일을 간절하게 바라고 원하면 분명 꿈은 이뤄진다는 심상사성心想事成이라는 말에 담긴 의미를 가장 잘 실천한 분이 아닌가합니다. 꿈을 이루는 마지막 순간까지 포기하지 않고 한걸음 더 내딛기 위해, 지금부터 마음의 체력을 길러야겠습니다. (from KDY)

● 9월의 마지막 월요일 아침, 이 글에 가슴이 순간 덜컥 내려앉았네요.
많은 시간을 고뇌하며 방황하다가 불확실한 미래에 더 이상 상처받고 싶지 않아서, 이제 내려놓고 포기하려고 마음먹은 일이 있었습니다. 이 편지에 힘을 얻어, 다시 한 번 앞으로 나가보려 합니다. (from AHS)

달리기 시합

얼마 전 카톡에서 보았던 간단한 퀴즈를 내겠습니다. 달리기 시합이 있습니다. 여러분이 뒤에서부터 열심히 뛰어 한 명씩 앞지르기 시작합니다. 마침내 2등도 앞질렀습니다! 이제 여러분은 몇 등일까요?

1등이라고 답하신 분들이 꽤 있겠지요? 정답은 2등을 앞질렀으니 2등입니다. 여전히 1등은 여러분 앞에 있습니다. 1등을 앞질러야 1등이지요. 치매 테스트 퀴즈라고도 하네요. 틀리신 분들은 가능성이 다소 있다니 조심하세요. 저도 사실 1등이라고 생각했답니다.

저는 퀴즈를 풀면서 고정관념stereotype과 희망사항wishful thinking이라는 단어가 떠올랐습니다. 2등을 앞질렀으니 당연히 1등이라는 고정관념과 1등이면 좋겠다는 희망사항이 무의식중에 1등이라는 답을 한 것 같습니다. 고정관념은 우리의 변화와 창의성을 무력화시킵니다. 참된 노력이 없는 희망사항으로는 꿈을 이룰 수가 없습니다. 창조적인 아이디어와 끊임없는 변화와 혁신만이 우리의 꿈을 이루게 합니다.

진정 이루고픈 목표가 있다면 먼저 그 목표를 명확히 정해야 합니다. 그리고 창조적이고 혁신적인 아이디어를 바탕으로 끊임없이 노력해야 합니다. 2등을 따라잡겠다는 목표가 아닌 1등을 하겠다는 목표를 정하고, 1등을 하기 위한 구체적인 계획과 전략, 그리고 이에 걸맞은 노력이 뒷받침된다면 꿈은 반드시 실현됩니다. 우리가 업무를 할 때도 마찬가지입니다. 목표를 명확하게 세우고 이를 달성하기 위한 구체적인 계획과 전략, 그리고 이에 걸맞은 노력이 뒤따라야 할 것입니다. 달리기 시합의 의미를 되새기며, 하루를 시작해봅니다.

reply

● '비전 없는 전략은 무모하며 전략 없는 비전은 공허하다' 라는 말이 있습니다. 제가 수험생 시절에 신문에서 본 것인데, 좋은 직장을 과감히 그만두고 유학길에 올라 MBA를 취득하여 마침내 성공한 어떤 사람의 인터뷰였던 것으로 기억합니다. 말 그대로 목표가 없이 노력해봤자 아무 소용도 없고, 노력도 하지 않고 목표만 세우는 것은 의미가 없다는 말입니다. 당시 공허한 비전만 믿고 하루하루를 살아온 저의 머릿속을 울리는 말이기도 했지요. 지금도 그다지 성공한 삶이라고 생각진 않지만, 무언가 할 일이 생기면 항상 저 문구를 떠올리며 마음을 다잡곤 합니다. 지루한 일상에 지쳐있던 차에 제정신을 차리게 해 주신 것 같아 가슴이 뜨끔합니다. (from LJM)

- -

● 나이가 들면서 그간 제가 일해오고 경험해 온 익숙한 방식에 따라 판단하고 생활하다 보니 저도 모르게 고정관념에 빠지는 때가 있는 것 같습니다. 조직이 건강하기 위해서는 항상 새로운 생각, 유연한 사고가 참 중요하고, 특히 관리자가 되면 후배들의 생각에 귀 기울이고 좋은 생각을 취할 줄 알아야 한다고 생각합니다. 잘 경청하고 독서 등을 통해 다양한 지식과 경험을 쌓아야겠지요. 매월 추천해 주시는 도서들이 제 부족한 소양을 넓히는 데 참 좋은 것 같습니다. 더 공부하고, 더 노력하도록 하겠습니다. (from CKM)

우연을 얼마나 믿으세요?

'우리가 살아가며 우연과 필연이 과연 얼마나 될까?' 생각해보았습니다. 정말 순수하게 우연히 일어나는 일이 얼마나 있을까요? 과거에 우리가 생각하고 행동했던 모든 것들이 쌓여서 현재가 되고, 또 그 현재가 모여 미래가 된다고 생각합니다. 현재는 과거의 결과이고 미래를 만들어가는 과정이자 원인이 되겠지요. 즉, 모든 일에는 원인과 결과가 있다고 생각합니다.

그렇다고 우연이 정말 없을까요? 개인의 가치관과 생각 차이에 따라 삶에는 우연히 많다고 여기는 분과 적다는 분이 있겠지요. 생각하기 나름이니 정답은 없지만 살면서 많은 일을 우연이라 여기고 운에 맡기는 자세는 옳지 않다고 생각합니다.

우리가 노력하고 도전하며 준비하면 우연의 폭은 줄어들게 될 것입니다. 또한, 우연 또는 운이라고 생각하는 도움과 일들이 곰곰이 생각해보면 사실은 우리가 살면서 맺어 놓은 여러 가지 네트워크에 의해서 생기는 경우도 많습니다. 얼핏 우리 눈에는 우연처럼 보일지라도 사실은 필연인 경우지요.

저는 우리가 일할 때나 살아갈 때 환경이나 조건을 탓하며 우연과 운에 의지하기보다는 열심히 준비하고 노력해서 우연을 최소

화하고 능동적으로 우리 삶을 개척해 나갔으면 합니다. 이런 적극
적이고 도전적인 삶을 사는 개인이 많아지면 우리 사회가 좀 더
활기차고 행복한, 선진사회가 될 것입니다.

reply

● 살아가면서 우연은 필연처럼, 필연은 우연처럼 맞닥뜨리게 되는 것 같습니다. 하지만
우연처럼 보여도 알고 보니 필연이었음을 깨닫는 경우가 많았던 걸 보면 세상살이에 우
연은 없다는 생각이 들기도 합니다. 오늘의 아픔을 딛고 일어서면 다시 행복이 찾아오는
것도 우연을 필연으로 대하는 마음자세가 있어야만 가능한 일이겠지요. 우연한 만남 같
은 소중한 인연을 꿈꾸는 것은 좋지만, 삶을 개척해 나가는 데에는 모든 것이 필연이라고
여기는 게 좋을 듯합니다. (from KBM)

인생이 불행한 것은
자기가 행복하다는 것을 알지 못하기 때문이다.

― 도스토예프스키

행복의 원칙은
첫째, 어떤 일을 잘할 것
둘째, 어떤 사람을 사랑할 것
셋째, 어떤 일에 희망을 가질 것

― 칸트

행복의 비밀은 자신이 좋아하는 일을 하는 것이 아니라
자신이 하는 일을 좋아하는 것이다.

― 앤드류 매튜스

행복!
희망의 날개로
여행하다

마음이 쓰는 편지, 행복 🍃

행복이란 과연 무엇일까요? 돈이 많으면 행복할까요? 지위가 높으면 행복할까요? 경제규모 세계 10위권이라는 우리나라의 행복지수가 그리 높지 않은 것을 보면 반드시 그렇지만도 않은 것 같습니다.

저는 젊은 시절, 아내와 같이 백화점에 가면 스트레스를 많이 받았었습니다. 비싸고 좋은 물건들은 많고, 아내한테 사주고 싶어도 살 형편은 안 되니 참 답답했었지요. 여담이지만 그때 마음에 드는 옷을 한 벌 사라고 하면 아내는 색깔이 마음에 안 든다는 등의 핑계를 대면서 결국 사지 않았었는데, 세월이 흐른 뒤에 말하길 돈이 없어서 일부러 그랬다고 하더군요.

저는 그런 백화점보다는 재래시장을 좋아합니다. 재래시장에 가면 일단 마음이 편하고, 사람들이 정말 열심히, 즐겁게 사는 모습을 많이 볼 수 있으니까요. 지난 주말에도 산본 시장에 갔었는데 싱싱한 채소와 과일도 있고, 저렴하지만 좋은 물건들도 많고, 또 활기가 넘치는 사람들을 보니 저절로 기분이 좋아지더군요. 모두 정말 행복해보였습니다.

자동차검사소에 근무하는 우리들의 동료 이야기를 해 볼까요? 지난주에 수도권에 있는 우리 검사소 몇 군데를 다녀왔습니다. 주변 환경이 좋지 않다는 것은 들어서 알고는 있었지만, 막상 가보니 어떤 곳은 찾기도 힘든 외곽 지역의 산비탈에 있고 또 다른 곳은 한술 더 떠서 폐기물이 잔뜩 쌓인 재활용센터를 지나 악취가 심하게 나는 분뇨처리장 바로 옆에 위치해 있더군요. 점심시간도 제대로 챙기지 못하는 상황에서 불평 한마디 없이 밝고 성실하게 근무하는 직원들, 열악한 환경과 악취에도 웃는 얼굴로 이리저리 뛰어다니며 열심히 일하는 직원들을 보면서 고마운 마음에 앞서 정말 가슴이 아프고 무언가 울컥 치미는 그런 기분이 들었습니다. 이렇게 어려운 환경에서도 한가족처럼 즐겁게 지내는 이분들이 느끼는 행복은 과연 어떤 것일까요? 검사소장님들의 리더십과 함께 서로를 따뜻하게 챙기는 동료 간의 마음씀씀이가 그 행복의 원천이 아닐까요?

행복이란 마음먹기에 달린 것입니다. 상사, 동료들과 좋은 관계를 유지할 수 있는 직장, 나를 알아주고 내 얘기에 귀를 기울여주는 직장, 능력을 충분히 발휘할 수 있는 직장, 일과 함께 나 자신의 발전을 도모할 수 있는 직장, 나의 책임 하에 업무를 주도할 수 있는 직장, 그리고 화목한 분위기에서 서로의 고충과 애환을 솔직하게 얘기할 수 있는 직장이 바로 행복한 직장인 것입니다. 행복은 멀리 있지 않고 바로 우리 마음속에 우리 손안에 있다는 생각이 듭니다.

직장에서 행복하면, 가정도 행복한 법입니다. 기분 좋은 얼굴로 퇴근하면 집에서도 모두가 행복할 것입니다. 우리 모두 행복한 직장을 만들 수 있도록 다 같이 노력합시다.

reply

● 지난주 저희 검사소를 방문하셔서 점심식사를 함께 하시면서 담화의 시간을 가질 수 있어서 무척 기뻤습니다. 고객들이 계속 오시는 바람에 12시가 한참 넘어서야 접수창구 한구석에 신문지를 깔고 배달음식을 같이 먹으면서 여러 가지 이야기들을 많이 할 수 있었습니다. 비록 환경은 좋지 않지만 더 화합하고 뭉쳐서 즐거운 일터를 만들도록 하겠습니다. (from PJS)

● 어쩜 우리는 파랑새를 찾아 힘든 여행을 떠났다가 집안 새장 속에 새가 파랑새라는 것을 알아 버린 틸틸과 미틸처럼 가까이 있는 행복을 먼 곳에서 찾는 건 아닌지 모르겠습니다. (from CIH)

오늘을 잡으세요! 🍃

세월이 참 빠릅니다. 제가 이십대의 나이에 공직에 들어와서 삼십대에 정신없이 일만 하다가 막상 사십이 되었을 때가 생각납니다. 정말 깜짝 놀랐지요. '아, 나도 이제 사십이 되는구나', '중년이 시작되는구나' 하는 생각에 억울한 마음도 들었습니다. 그렇게 사십을 넘겨 책임 있는 일을 하게 되면서 세상을 더 넓게 바라보는 눈을 갖게 되었습니다. 동창, 친구도 생각하고 이웃을 생각하기 시작한 것도 사십대였던 것 같습니다. 또 어느새 그로부터 십여 년이 훌쩍 지나 오십이 넘었지만, 지금은 그때만큼 나이를 의식하면서 살지는 않지요.

조직에 몸담고 있는 사람이라면, 나이는 저마다의 의미를 갖고 있다고 생각합니다. 이십대에는 도전적으로 열심히 새로운 것을 탐구하고, 삼십대에 가정을 이루면서 책임감 있게 조직을 위해 헌신하며, 사십대에는 핵심 중간관리자로서 중추역할을 하고, 오십대에는 조직을 발전시키고 미래를 창조하는 리더로서의 의미를 갖게 된다는 것이지요.

시간이 지나는 것을 안타까워하기보다는 그 나이에서만 경험할 수 있는 여러 가지 일과 다양한 역할을 즐겁게 받아들이면 좋을 것 같습니다. 현재의 나이에 충실해서 자기에게 주어진 일, 조직의 일, 나아가 나라를 위한 일들을 충실하게 해 나간다면, 인생을 살아가는 데 한결 여유가 생기고 마음은 더 풍요로워지고 행복해질 것이라고 생각합니다.

reply

● 현장에서 일하다 보니 자주 뵐 수는 없지만 편지로 마음을 읽을 수 있으니 왠지 좋은걸요. 새해에는 저희 검사소에 사랑스런 후배가 온다고 해 너무나 반갑습니다. 일손이 부족해 항상 숨 돌릴 틈 없이 바빴는데, 새 식구가 오면 더 즐겁게 일하고 돌봐주며 근무하겠습니다. "카르페 디엠carpe diem!" 이 순간을 즐기며 하루하루 힘차게 살겠습니다! (from JJC)

● 그동안 읽기만 하다가 용기 내어 답장을 써 봅니다. 한 주 한 주 새로운 편지를 받을 때마다 참 공감 가는 내용이 많았습니다. 오늘은 사람의 인생살이를 함축해서 정리해 주셨는데 저 역시 그때를 되돌아보면서 감명 깊게 잘 읽었습니다. 희망편지를 대하는 우리 직원들 대부분 저와 같은 마음이 아닐까 합니다. 앞으로도 희망편지라는 행복 바이러스가 널리 퍼져 나갔으면 합니다. (from KYJ)

1년 전 고민을 아직 계속 하세요? 🍃

우리 모두 행복해지고 싶은데 가장 어려운 것은 무엇일까요? 아무래도 걱정이 우리의 행복을 가로막는 경우가 많은 것 같아요. 걱정을 줄이고 즐겁게 사는 것이 행복의 지름길이라는 것을 알면서도 어쩔 수 없이 이런저런 걱정을 하게 되지요. 걱정과 함께 살아간다고 해도 과언이 아닐 정도입니다.

미국 매사추세츠 종합병원의 조지 월튼 박사는 걱정에 대해 다음과 같이 이야기합니다. '걱정의 40%는 절대 현실로 일어나지 않는다. 걱정의 30%는 이미 일어난 일에 대한 것이다. 걱정의 22%는 사소한 것이다. 걱정의 4%는 우리 힘으로는 어쩔 도리가 없는 일에 대한 것이다. 걱정의 4%는 우리가 바꿔놓을 수 있는 일에 대한 것이다.' 또 누군가는 이런 이야기를 합니다. '여러분은 1년 전에 하던 고민을 아직 기억하십니까?'

이 이야기들을 곰곰이 생각해보면 정말 맞는 말인 것 같습니다. 우리가 하는 걱정들의 대부분은 실제로 불필요한 것들이고, 1년 전에 했던 고민을 기억하는 사람도 거의 없으니까요. 지금 심각한 걱정거리가 있다고 해도 조금만 시간이 지나면 언제 그런 일이 있었냐는 듯 잊어버리게 될 테니, 결국 우리는 수많은 쓸데없는 걱정에 시간과 열정을 허비하고 있는 셈입니다.

다만 현실적으로 걱정을 하지 않고 살 수는 없으므로 이 '걱정'을 대하는 우리의 태도를 좀 더 긍정적으로 바꾸는 것이 중요합니다. 이와 관련하여 제가 정말 어려운 문제를 만나 머리를 싸잡고 고민에 빠졌을 때마다 떠올리던 말을 한 가지 여러분께 소개해 드리겠습니다.

유태인의 지혜서 『미드라쉬Midrash』에 나오는 이야기입니다. 어느 날 다윗 왕이 보석 세공인을 불러 명령을 내렸다고 합니다. "내가 전쟁에서 승리했을 때 자만하지 않도록, 또한 전쟁에서 패배했을 때도 좌절하지 않는 문구를 반지에 새겨 넣어라." 하도 어려워서 많이 고민하던 보석 세공인이 솔로몬을 찾아가 해답을 얻었답니다. '이것 또한 곧 지나가리라' 라고요. 승리의 순간에 이 문구를 보면 자만에 도취되지 않고 절망의 순간에는 희망과 용기를 얻을 것이라고 말이죠.

'이것 또한 곧 지나가리라.' 영원히 계속되는 것은 없다는 뜻입니다. 이 문구는 어떤 어려움이 있어도 다시 용기를 갖고 전진할 수 있는 힘을 줍니다. 또한, 불필요한 걱정을 하느라 희망과 인생을 허비하지 말고 우리 힘과 에너지를 긍정적인 것에 사용하라는 뜻이지요. 고민과 걱정거리가 생길 때마다 이 말을 떠올리면 마음이 평안해지면서 결국 모든 일이 잘 풀렸던 기억이 납니다.

여러분들께서도 여러 가지 걱정거리가 생기고 부정적인 생각에 빠지게 될 때마다 이 말을 떠올리면서 긍정적인 마음으로 생활한다면, 인생은 더 행복해지고 업무의 효율성도 더 높아지게 될 것입니다.

reply

● 행복의 장애요소가 '걱정' 이라고 하셨는데, 행복순위를 보면 '걱정' 이라는 단어는 찾아볼 수 없는 것 같습니다. 다음은 어딘가에서 본 행복순위입니다. 이 중에서 부자가 없는 것은 걱정을 많이 해서 그런가 봅니다.

  1위, 모래성을 막 완성한 어린아이
  2위, 아기의 목욕을 다 시키고 난 어머니
  3위, 세밀한 공예품장을 다 짜고 휘파람을 부는 목공
  4위, 어려운 수술을 성공하고 막 한 생명을 구한 의사

  처음으로 시작되는 모든 것은 설렘으로 시작되지만, 끝나는 모든 것은 아쉬움으로 남습니다. 한 주가 시작하는 월요일, 아쉬움이 없도록 이번 한 주도 열심히 살아보렵니다. (from CKJ)

으름이 가져다 준 행복 한 톨🍃

며칠 전 출근하는데 엘리베이터 앞에서 경비하시는 아저씨께서 까만 비닐봉투를 주시더군요. 우리 직원이면 받지 않을 텐데 연세 드신 아저씨께서 비닐봉투를 주시니 받지 않을 수도 없고요. 시장에서 물건 살 때 받는 까만 비닐봉투에 무엇이 들었을까 궁금하기도 하고, 아저씨께서 아침 출근길에 왜 주시나 의아해 했습니다. 그러나 그 궁금증은 금방 풀렸습니다.

그 아저씨께서 휴일에 산에 가셨다가 깊고 맑은 산속에서 따셨다고 으름 몇 개가 들은 봉투를 주신 거예요. 제가 으름을 모르면 어쩌나 걱정하시는 표정이 역력했습니다. 그러나 저는 얼마나 반가웠는지 모릅니다. 아저씨의 소박하신 까만 비닐봉투가 좋았고, 산에 가서서 어렵게 따신 으름을 가지고 오서서 저한테 주시는 그 정성에 감격했습니다.

약 40여 년 전인가 합니다. 시골 고향에서 초등학교까지 걸어서 30분정도 걸렸습니다. 초등학생이 타박타박 걸어서 학교에 가다보면 산에서 고슴도치도 기어 나오고, 뱀도 나오고, 개구리도 나왔습니다. 길에서 조금 산으로 걸어 들어가면 산머루 으름 등 산열매가 많았습니다. 그중에서도 으름을 찾으면 운이 좋았고, 으름은 참 맛있었습니다. 그 당시에는 바나나는 구경도 못했어요. 요즘은 으름을 토종 한국바나나라고들 하지만, 그 당시에는 바나나는 보지도 못했으니 바나나하고 비교도 못했어요.

저는 그때가 정말 좋았습니다. 가을 이맘때쯤이면 학교서 수업 끝나고 나오면서 산에서 으름도 따먹고, 길가에 감도 따고, 밭에 무도 뽑아먹고, 시냇가에서 피라미도 잡고……. 아주 행복한 순간들이었습니다. 공기 좋고 맑고 푸른 하늘아래서 맘껏 뛰놀며 지내던 생각이 납니다.

그때 보고 40여 년 동안 못 보던 으름을 보았으니 얼마나 반가웠겠어요? 그것도 출근길 엘리베이터 앞에서요. 어렸을 때가 떠오르고 아저씨의 따뜻한 정이 너무 좋았습니다. 행복은 항상 우리 옆에서 기다리고 있는 것 같아요.

reply

● 조그마한 마음의 선물 덕분에 옛 추억에 젖어서 동심으로 돌아갈 수 있는 시간이었습니다. 60년대의 시골 풍경, 초등학교 짝꿍……. 저도 며칠 전에 양평 오일장에 갔었는데 거기에서 으름을 보았습니다. 정말 반가웠고 시골의 향기가 새록새록 났습니다. 오늘 편지가 더욱 가슴에 와 닿네요. (from CYG)

사진 출처 : 네이버(http://terms.naver.com/entry.nhn?docId=1397244&cid=42890&categoryId=42890)

시작하는 이들에게 전하는 말 🍃

돌아보면 시작은 언제나 설렘과 함께였던 것 같습니다. 학교에 처음 입학했을 때의 두근거림, 첫사랑 때의 순수함, 그리고 직장인으로서 삶의 새로운 전환을 맞이하게 되는 긴장감. 여러분의 시작은 어떠셨나요?

인생 중 학창 시절이 1기라면, 직장에 입사하여 30여 년 정도를 보내는 시기가 2기, 그리고 은퇴 후가 인생의 3기라고 생각합니다. 모든 시기가 큰 의미가 있지만, 특히 삶의 성과가 나타나기 시작하는 2기가 가장 중요한 전환기가 아닌가 생각합니다.

가장 중요한 인생의 전환기에서, 누군가의 그늘에서 벗어나 오롯이 자신의 힘으로 삶을 키워가야 하는 신입직원 여러분께 다섯 가지를 당부하고 싶습니다.

첫째, 열심히 일하고 인정받는 자신감 넘치는 얼굴을 그려나가기 바랍니다. 신입직원들은 모두 같은 출발선에서 시작하지만 점차 자기 얼굴을 그려갑니다. 확고한 신념과 자신감은 성공으로 이끄는 지름길임을 기억해 주시기 바랍니다.

둘째, 끊임없이 공부하여 자신의 분야에서 최고 전문가가 되길 바랍니다. 앞으로는 더욱 더 경쟁이 심해지는 사회가 될 것입니다. 치열하게 노력하고 공부하는 사람만이 자신의 목표를 달성할 것입니다.

셋째, 열정을 갖고 끊임없이 도전하시기 바랍니다. 항상 긍정적으로 생각하고, 도전하며 미래를 개척하십시오. 열정을 갖고 도전하는 사람만이 리더가 될 수 있습니다.

넷째, 변화와 개혁을 추구하십시오. 현상유지는 퇴보를 의미합니다. 새로운 변화와 자기 개혁을 통해 효율성을 추구하기 바랍니다. 동시에, 진심으로 사랑을 나눠줄 수도, 받을 수도 있는 따뜻한 사람이 되길 바랍니다.

다섯째, 헌신과 배려, 봉사를 잊지 말아야 합니다. 작은 이익을 취하지 말고 길게 멀리 보십시오. 멀리 여럿이 같이 가는 사람만이 행복한 인생, 성공한 인생을 살 수 있다고 생각합니다.

이 다섯 가지를 잘 실천한다면 우리 조직은 창의적인 생각을 존중하는 열린 근무환경, 서로를 배려하는 끈끈한 정이 가득한 조직문화, 자기 분야 최고의 전문성을 자랑하는 자신감에 찬 인재들이 가득한 우리나라 최고의 직장이 될 수 있을 것입니다. 현재의 직원들과 새로 들어온 후배들이 끌어주고 밀어주면서 함께 힘을

모아 노력한다면 머지않은 장래에 반드시 그렇게 될 것이라 확신
합니다.

---

reply

● 언젠가 말씀하셨던 '세 가지 방문을 잘해라' 라는 구절이 떠오릅니다. 입으로는
좋은 말을, 손으로는 좋은 글로 마음을 전하고, 발로는 어려운 사람을 찾아뵙는 것.
신입직원들에게도 이런 자세를 잊지 않도록 당부하도록 하겠습니다. 가족처럼 잘
보살펴 주고, 업무를 잘 배우고 적응해 나갈 수 있도록 돕는 것은 물론이고요. 사실
항상 그렇게 하자고 직원들과 이야기하고 있는데 일이 바쁘다보니 잘 챙기지 못한
면이 있습니다. 앞으로는 더 잘 챙길 수 있도록 노력하겠습니다. (from KSB)

가장 중요한, 가장 잊기 쉬운 것 🍃

얼마 전 건강검진을 받았습니다. 나이를 먹다보니 결과를 기다리는 동안 이런저런 생각을 많이 하게 되더군요. 이번 건강검진을 받고 나서는 다른 때에 비해 조금 더 걱정이 되었습니다. 다행히 검진결과에서는 작은 물혹이 있고 몇 가지 항목에서 조심하라는 것 외에 큰 문제는 없더군요. 50여 년 동안 활동을 했으니 몸에 다소 무리가 가는 부분도 있겠지요. 그렇지만 음식을 적게 먹고 운동도 많이 하면서 건강관리를 잘 했으면 더 좋은 결과를 받지 않았을까 하는 욕심도 생깁니다.

하지만 검진결과를 받고 한 달 정도가 지나면 또 잊어버리고 그냥 평상시 습관대로 살게 되는 게 또 사람인 것 같습니다. 그래도 이번에는 정말 큰 결심을 해봅니다. 좀 더 건강관리를 잘 해서 일 년 뒤에는 더 좋은 건강상태로 깨끗해진 건강검진 결과를 받아봐야 되겠다는 생각을 합니다.

여러분들은 어떠셨나요? 모두가 다 건강한 것이 소망이고 꿈이죠. 건강해야 더 열심히 일할 수 있고 또 행복해질 수 있기 때문입니다. 몸이 아프면 천하를 다 얻어도 소용이 없다는 말이 있을 만큼, 건강은 너무나 중요합니다. 저는 건강이 가장 기본이고 가장 최고라고 생각합니다.

이제 야외운동을 하기 어려운 추운 계절이 시작되고 있습니다. 여러분 모두 건강관리를 잘 하시기 바랍니다. 우리 몸이 건강해야 무엇이든 신나게 할 수 있지 않겠습니까? 여러분들의 건강관리에 조금이라도 도움이 되도록 내년부터는 더 좋은 건강검진 서비스를 받으실 수 있도록 할 예정입니다. 모두 힘내십시오!

● 오늘 근무 중 아내로부터 전화를 받았습니다. 평상시에는 근무시간에 전화통화를 할일이 거의 없었기에, 때마침 바쁘기도 해서 뭣 때문에 전화했냐고 다그치듯 물어보았습니다. '이사장님으로부터 무슨 카드 같은 게 왔다' 는 내용이었습니다. '그럴 리 없겠지, 생일도 결혼기념일도 지났는데……' 하고 전화를 끊고 나니 무척 궁금해졌습니다.

퇴근 후, 이사장님께서 저의 건강을 걱정해 주시고 보내신 격려와 응원카드라는 걸 확인한 후 가슴이 뭉클해지는 걸 느꼈습니다. 감동 그 자체였습니다. 감히 상상조차 할 수 없었으니까요. 공단에 입사한 지 어언 18년이 되어 가는데 아직껏 이런 경우는 듣지도 보지도 못하였습니다.

정말 머리 숙여 깊은 감사를 드립니다. 빠른 시일 내 완쾌되어 건강하게 정상적으로 열심히 밝고 힘차게 근무하겠습니다. (from KSC)

● 퇴근길에 초등학교 6학년인 아들이 관리실에 택배가 있으니 찾아오라고 하더군요. 가보니 택배물건이 아니라 이사장님의 카드였습니다. 연하장인 줄 알았는데 지금 제가 병마와 싸우고 있다는 걸 아신 이사장님께서 보내 주신 격려의 카드인 걸 알고 나서 많이 감격하였습니다.

작년 10월에 수술을 했으니 벌써 1년이 훌쩍 지나갔습니다. 그 동안 저로 인해 고통스러웠을 가족과 제가 할 일을 대신한 선·후배 동료들에게 정말 미안하고 고마운 마음입니다. 부모님께서 물려주신 귀한 몸과 마음을 잘 다스리고 지키지 못하고 '나는 건강할 거야' 라는 오만함 때문에 병을 얻었고 치료에 시간을 보냈습니다. 병의 원인 중 95%는 마음에서 5%는 몸에서 온다고 합니다. 아파보니 직장인이 돈을 버는 방법은 건강하게 사는 것이라는 걸 좀 늦게 깨달았습니다. 항상 건강하시고 변함없이 직원들에게 희망을 나눠 주시길 바랍니다. (from LSR)

행복하기 좋은 날 🍃

갑작스러운 폭설에 현장직원들의 고생이 많습니다. 한겨울 추위에 눈 치우랴 검사하랴 바쁘게 뛰어다니면서도 웃는 얼굴로 고객들을 대해야 하니 말입니다. 하지만 그 무엇보다 소중한 국민들의 안전을 지키는 일을 하고 계신 만큼 조금만 더 힘을 내 주십시오.

지금은 이렇게 여러분들을 힘들게 하는 눈이지만, 우리 어렸을 때는 눈이 오면 참 기분이 좋았지요. 동네 친구들과 눈싸움을 하고, 눈사람도 만들고, 또 언덕에 올라가 눈썰매를 타면서 즐겁게 놀던 기억이 납니다. 집 처마 밑에 달리던 고드름도 참 예뻤지요. 마냥 행복했던 시절이었던 것 같아요.

그런데 요즘은 어떤가요. 저는 눈이 내리면 좋으면서도 한편으로는 걱정이 같이 돼요. 길이 막히면 어쩌나, 교통사고가 나지는 않을까, 우리 직원들이 일하면서 얼마나 힘이 들까……. 그렇게 걱정거리가 많아집니다. 점점 할 일이 많아진 탓이겠지만, 어릴 때의 순수한 감성을 잃어버린 것 같아 안타까운 마음도 듭니다.

이렇게 눈이 오면 즐거움과 걱정이 교차하는 것과 같이, 모든 일은 생각하기에 따라 다른 것 같습니다. 무슨 일이든 긍정적인 태도를 갖는다면 어릴 적 눈싸움을 하며 즐겁게 놀던 때처럼 더 즐겁고 신나게 일할 수 있을 것입니다. 아직 생기지 않은 일을 미리 걱정하기보다는 현재에 감사하며 최선을 다해 노력하다 보면 더 좋은 결과를 얻을 수 있게 되겠지요.

reply

● 월요일에 출근하면 청소를 하고, 커피를 한잔 타서 희망편지를 읽는 것으로 일주일을 시작합니다. 오늘 희망편지는 추운 현장에서 일하는 직원들에게 전해 주는 따뜻한 커피 같은 소식이 아닐까 합니다. 직원들의 복지를 위해 추가 예산을 편성했다는 소식도 들었습니다. 정말 힘이 나고 활기 넘치는 월요일이 될 것 같습니다. (from KJK)

● 지난주 많은 눈이 와서 눈을 치우느라 직원들 고생이 많았습니다. 춥고 힘들었지만 고객들의 안전과 편의를 위해서 모두 힘든 내색 없이 열심히 눈을 치웠고, 그 모습에서 잔잔한 감동을 느꼈습니다. 검사소에 방풍막을 설치해서 올 겨울은 춥지 않게 근무하고 있습니다. 직원들의 불편함이 하나하나 개선되고 나아지는 모습을 보며 뿌듯함을 느낍니다. (from KYJ)

반가울 때 반갑다고 🍃

김천혁신도시에서 생활한 지도 벌써 넉 달이 지나갑니다. 요즘 저도 아파트 관사생활을 하며 한 가지 느낀 점이 있습니다. 사람들이 엘리베이터에서 마주치면, "안녕하세요?", "안녕히 가세요"라고 인사를 참 잘 하시더군요. 제가 사는 수도권의 아파트에서는 낯선 풍경입니다. 물론 친분이 있는 분과는 인사를 하지만 대부분 쑥스러워 먼저 인사를 못 건네지요. 그래서 김천에서의 경험이 처음에는 참 낯설더군요. 하지만 이제는 저도 자연스레 인사를 나누고 참 좋습니다. 따뜻한 이웃의 정이 느껴져서요.

사소해보이는 한마디 인사가 큰 힘이 있습니다. 직장에서도 출근과 퇴근을 할 때 밝고 힘차게, "안녕하세요", "수고 많으셨습니다"라고 인사를 잘 하는 것이 참 중요합니다. 평소에 아무리 예의 바르게 생활해도 인사를 소홀히 하면 좋지 않은 이야기를 듣기 십상이지요. 인사는 직장예절이자 서로에 대한 인정과 존중의 시작입니다. 인사와 안부의 말로 서로를 격려하고 인정하며 함께 나아가는 활기찬 직장이 되길 바랍니다.

reply

● 인사가 참 중요하다고 생각하는데, 부끄러움이 많아 얼굴을 잘 모르면 인사를 건너뛸 때가 있습니다. 그럼 계속 마음속으로 아 아까 전에 밝게 인사할 걸, 이라는 후회가 남는다는 걸 깨달았습니다. 김천으로 이전하며 새로운 분들을 많이 만나고 있는데, 밝고 쾌활하게 인사를 해야지 다짐하는 아침입니다. (from KBM)

성공하는 인생의 보증수표 🌱

얼마 전 인사에서 처음으로 준직위공모제를 시도해 봤습니다. 간부들에게 희망부서와 자기소개서를 제출하도록 했고, 많은 분들이 의견을 주셨더군요. 자기 자신을 정리하면서 소망과 목표도 적어볼 수 있고, 자기가 가진 전문성에 대해 저에게 얘기할 수 있는 좋은 기회였습니다. 그것들을 참고해서 가능한 많은 분들이 원하시는 부서에서 근무하시도록 했습니다.

모든 분들이 다 희망하는 자리로 가셨으면 하는 것이 제 마음입니다만, 때로는 그렇지 못한 경우도 생기게 됩니다. 저도 30여 년간 공직생활을 하면서 원하지 않는 자리로 갔던 적이 있었지요. 하지만 중요한 것은 그 자리를 가장 좋은 자리라고 여기고 최선을 다하는 모습이라고 생각합니다. 한 번 그 자리에 간 것으로 인생의 모든 것이 결정되지는 않으니까요.

자신의 목표를 향해 올바른 방향으로 가고 있고, 또 항상 성실하게 일하는 모습이 주변 동료들에게 인정을 받을 때 더 나은 미래를 보장받을 수 있습니다. 열심히 일하는 모습, 같이 가는 모습, 기쁨과 슬픔을 함께 나누는 그 모습이 바로 성공적인 인생의 보증수표라는 생각이 듭니다.

● 매주 월요일 받아보는 희망편지와 업무에 지칠 무렵 보내주시는 좋은 동영상, 아름다운 사진 덕분에 이사장님과 한층 가까워진 느낌입니다. 최근 우리 조직은 일한 만큼 정당하게 보상받는 문화, 투명한 인사, 청렴한 직장문화 확립 등 큰 변화가 있었습니다. 변화와 개혁, 고객에 대한 섬김을 항상 기억하며 현장에서 실천하도록 최선을 다하겠습니다. (from LDH)

좋아하는 일을 하고 계신가요? 🍃

얼마 전 교황님이 오셨습니다. 많은 연세에도 4박 5일 동안 정말 많은 곳을 방문하고 소외된 어려운 분들을 만나셨지요. 어느 신문에서인가 '그 체력, 에너지가 어디서 나올까'라는 기사를 썼더군요. 좋아하시는 일을 하니 활력이 넘치시는 게 아닐까요?

미국 시카고대학이 배출한 70명이 넘는 노벨상 수상자들에게 "어떻게 하면 창조적인 성과를 낼 수 있습니까?"라고 물었더니, 가장 많은 대답이 "좋아하는 일을 하십시오"였다고 합니다. 좋아하는 일을 하니 열정을 갖고 몰입하게 되어 창조적인 성과가 나오게 된다는 것이겠지요.

저도 때때로 '정말 내가 잘할 수 있고, 좋아하는 일이 무엇일까?' 생각해보곤 합니다. '지금 하는 일이 아닌 다른 일이 아닐까?' 생각하기도 하고요. 자신이 정말 원하는 일을 찾아내고 그 일을 하기란 누구에게나 어렵다고 생각합니다. 현재 하는 일이 마땅치 않아서 새로운 일을 시작하고 싶어도 나이, 가족 등 현실적인 제약 때문에 실행하지 못하는 경우도 많지요.

자신이 바라는 일을 찾아 바꿀 수 있을 때는 과감하게 도전해야겠지만, 판단도 안 되고 그렇게 못하는 상황이라면 어떻게 해야 할까요? 후회와 불평 속에 무기력하게 지낼 수는 없겠지요. 그럴 땐 지금 내가 하고 있는 일이 하고 싶고 잘할 수 있는 일이라 생각하며 몰입해보는 것도 좋은 방법이라 생각합니다. 자기가 정말 좋아하는 일만 하며 살기는 어려운 것이 우리 인생이 아닐까요. 현재 내가 맡은 일에 열정을 불어 넣으며 최선을 다하다 보면 좋은 성과도 생기고 일에 대한 애정도 커진다고 생각합니다. 그 일이 바로 좋아하는 일도 되겠지요.

reply

● 고교 시절, 저는 국어와 문학을 싫어했습니다. 특히, 시는 무슨 소리인지 통 모르겠더군요. 싫어하는 과목을 멀리하다보니 점수는 더 떨어지고 그 과목은 더 공부하지 않는 악순환이 생겼지요.

고민하던 중 선생님의 조언에 따라 하루에 한두 편씩 시를 적는 노트를 만들기 시작했습니다. 주로 졸릴 때 시를 베껴 적었습니다. 빈 칸에는 시를 읽으며 떠오르는 그림도 그려 넣고 낙서도 했지요. 노트가 한 쪽, 두 쪽씩 채워지고 고3 말에는 서너 권의 노트가 되었습니다. 그리고 어느 순간, 시를 좋아하는 자신을 발견했습니다. 물론 점수도 많이 올랐고요.

살다 보면 좋아하는 일만 하고 살수 없지요. 싫어해도 해야만 하는 일이 있고요. 편지처럼 '열정', '몰입' 과 함께 '꾸준함' 이 있다면 싫어하는 일도 성공시킬 수 있고 나도 모르는 사이에 그 일에서 새로운 성취감도 얻을 수 있으리라 생각합니다. (from CSJ)

반드시 좋은 일이 생깁니다 🍃

　요즘 일이 술술 잘 풀리시나요? 아니면 일이 꼬이고 좀처럼 풀리지 않아 걱정이신가요? 많은 인생 선배들이 이야기 하시죠. 살다가 좋은 일이 계속 생기면 주변에 감사하고 겸손하게 이웃에게 베풀고, 나쁜 일이 생겨도 계속 되지는 않으니 마음 굳게 먹고 견디라고요. 하지만 반복해서 두세 번 실패하게 되면 몸과 마음이 참 많이 힘들어 집니다. 그럴 때는 힘들더라도 인생의 의미를 되새기며 절대로 좌절하지 않는 게 가장 중요하다고 생각합니다.

　조물주는 인생에게 결코 좋은 일이나 나쁜 일만 생기도록 하지 않고, 이 둘을 적절히 섞어 놓았다고 하지요. 인생이란 주머니 속에는 흰 색과 검은 색 바둑돌이 골고루 섞여 있다고도 합니다. 검은 돌이 나쁜 일, 흰 돌이 좋은 일이고 주머니에서 차례로 검은 돌을 서너 개 뽑았다면, 다음에는 흰 돌이 나올 가능성이 점점 높아지겠죠.

　좋은 일이던지 나쁜 일이던지 항상 끝이 있기 마련입니다. 중요한 것은 어려운 일이 닥쳤을 때 용기를 잃지 않는 것입니다. 너무 좌절하거나 주변을 비난하지 마십시오. 부정적인 에너지는 자신에게 되돌아갑니다. 긍정적인 마음을 버리지 말고 굳센 의지를 갖고 미래를 준비하십시오. 행운의 흰 바둑돌을 집게 될 것입니다. 온

맘을 다해 원하고 노력하면 우주의 모든 힘이 우리를 돕는다고 합니다. 어려운 일이 있으신 분들, 힘을 내십시오. 반드시 좋은 일이 곧 일어납니다. 어려운 일은 지나가고 행복한 일이 머지않아 생길 것입니다.

---

reply

● '하쿠나 마타타'란 말이 생각나네요. 애니메이션 〈라이온킹〉에도 나와서 익숙한 말인데, 스와힐리어로 '걱정거리가 없다'는 뜻이라고 합니다. 누군가 일이 잘 풀리지 않아 걱정을 하고 있을 때 이 말을 건넨다면 '다 잘 될 거야, 걱정하지 마!'라는 의미가 되겠지요.

우리가 지금까지 살아온 삶을 되돌아보면 분명 좋은 일도 있었고 나쁜 일도 있었을 것입니다. 하지만 결국 나쁜 일들, 힘든 일들을 모두 견뎌내고 이 자리에 서 있음을 깨닫게 되지요. 지금 이 순간 회사에서도, 가정에서도 매일매일 힘든 일들이 생기지만 그런 것들에 계속 연연하고 걱정하며 살아간다면 인생이 너무 고달프지 않을까요?

어려운 일에는 반드시 끝이 있고, 곧 좋은 날이 찾아올 테니……. 오늘도 '하쿠나 마타타'같은 마음으로 노력하며 살아가도록 하겠습니다. (from JJH)

긍정의 나비효과 🍃

도로를 운전하다 보면 갑자기 길이 막히는 경우가 있습니다. 딱히 사고가 난 것도 아닌데 왜 막힐까요? 아마 서로 먼저 가겠다고 차선을 자주 변경했기 때문이 아닐까 생각합니다. 아무리 차가 많아도 제 속도를 지키면서 자신의 차선으로만 달리면 원활한 소통이 될 것을, 수시로 차선을 바꾸는 사람들 때문에 뒤따르던 차들이 연쇄적으로 속도를 줄이다 보니 결국엔 정체에 빠지는 것입니다.

연구에 따르면 고속도로에서 원활한 교통흐름이 이어지다가도 중간에 자동차 한 대가 차선변경을 하면 그 영향이 후방 2~3㎞까지 미친다고 합니다. 마치 나비의 날갯짓이 지구 반대편에서 토네이도를 일으킬 수 있다고 하는 '나비효과'와 같습니다. 미세한 정비불량, 잠깐의 졸음, 사소한 교통법규 위반이 엄청난 대형사고와 무질서를 야기하는 것을 보노라면, 이 나비효과만큼 도로위에서 벌어지는 현상을 잘 설명하는 이론도 없을 거라는 생각이 듭니다.

하지만 관점을 조금만 달리하면 나비효과에는 긍정적인 측면이 많습니다. 사소한 잘못이 큰 비극을 초래한다면, 작은 선행이 큰 축복을 가져올 수도 있는 것이지요. 누군가 먼저 규정을 어기는 것을 보았을 때 다른 사람들도 하나 둘 규정을 어기게 되는 현상을 반대로 이용하는 것입니다. 예를 들면 교차로에서 다른 사람의 행동에 관계 없이 우선 나만이라도 정지선을 지키고, 적색신호에 출발하지 않는 것입니다. 많은 차량들이 위반을 한다 하더라도 적어도 나만은 규칙 을 지킨다면, 곧 그것이 선순환의 나비효과를 일으킬 수 있다고 생각 합니다. 이른 새벽이나 주말에 누가 보지 않더라도 법규를 준수하 고, 자기 차선을 꿋꿋이 가는 것도 사회에 기여하는 것이지요.

바로 그런 마음가짐이 선진 교통문화가 정착될 수 있는 첫 단추 가 아닐까 생각해보면서, 우리 조직에도 긍정의 나비효과가 나타 나길 소망해봅니다.

reply

● 운전을 하고 가다 보면 매일 얌체 같은 끼어들기족을 만납니다. 갑자기 차선을 바꾸고 들어와 마음이 덜컥 내려앉은 적도 많습니다. 또 고속도로를 빠져나가려고 한참을 기다리고 있는데 제 앞에서 끼어드는 차를 만나면 조금 화도 나고, 오래 기 다린 제 자신이 바보 같다는 생각도 듭니다. 그럴 때마다 나라도 건전한 교통 문화 에 기여한다고 생각하고 꾹 참아야겠네요. 저 한 명이라도 언젠가 큰 돌풍을 가져오 겠죠? (from KBM)

밝고 꿋꿋하게 살아가기 🍃

　지난주 우리의 가장 중요한 사업 중 하나인 교통사고 피해가족지원 가정을 방문했습니다. 18년 전 음주운전 차량에 사고를 당해 하반신이 마비되어 고생하시는 안산에 있는 한 가정이었습니다.

　실의에 빠져 낙담하고 지내시면 어쩌나 염려스런 마음이 앞섰는데, 다행히도 우리 직원들의 따뜻한 지원 등으로 밝게 살아가시는 모습을 보니 마음이 뿌듯했습니다. 부인께서 남편을 지극정성으로 간호하시고 자제분들도 저희가 지원하는 장학금을 받고 성실한 대학생이 되어 있더군요. 감사하다는 말씀과 좋은 건의도 해 주셨습니다.

　불의의 사고로 삶이 막막해졌는데도 어려움을 극복하고 밝은 미소와 감사함으로 꿋꿋하게 살아가시는 모습에 깊이 감명 받았습니다. 특히, 담당 과장님을 비롯한 우리 직원 분들이 적극적으로 도와주신다니 너무나 감사했습니다.

　우리 조직이 교통사고 예방뿐만 아니라 사고를 당한 분들을 지원해 드리는 사업을 내실 있게 발전시켜 국민의 사랑을 더욱 많이 받는 기관이 되길 소망합니다.

reply

● 교통장애인들은 신체적인 어려움과 생활고도 있지만 주변의 시선과 외로움에 더욱 힘들다고 합니다. 이분들이 삶의 희망을 잃지 않고 사회의 건강한 일원으로 생활하도록 우리가 더 많이 사랑을 전하고 도와야겠습니다. 내년에 국립교통재활병원이 개원하게 되면 교통사고 피해자들이 더 좋은 환경에서 재활치료를 받을 수 있겠지요. 교통사고 피해자들을 친절하고 따뜻하게 섬기도록 현장에서 최선을 다하겠습니다. (from JSJ)

● 자동차사고는 한 가정에 경제적 위기뿐만 아니라 정서적 위기도 불러올 수 있습니다. 갑작스런 사고로 평범한 일상을 잃어버리게 된다면 막막한 하루하루를 어떻게 견뎌낼 수 있을까요. 이러한 분들께 우리가 큰 힘이 되어주고 있다는 사실에 감사한 마음을 느낍니다. 직접 피해가정을 찾아가 따뜻한 손길 한번, 눈길 한번을 더 주고 계신 지원 사업 담당자 분들의 모습을 생각하니 절로 미소가 지어집니다. 우리 직원들 모두가 한마음이 된다면 전국에 계신 피해가족 분들께 더 큰 힘이 되지 않을까요? (from KDY)

인생을 결정하는 차이 ♠

직장인들은 자기 일이 만족스럽지 못한 때가 많지요. 특히 신입직원들은 학교에서 배운 것과 많이 다른 회사생활에 실망하기도 합니다. 대학에서는 경영자와 리더에 대해 공부했는데 회사에서는 허드렛일을 시키니 말이지요. 지금은 CEO인 제 친구도 직장에 들어가 비슷한 신세한탄을 한 적이 있습니다. 하지만 꽃이 피지 않고 맺히는 열매가 있던가요? 올챙이가 아니었던 개구리가 있나요?

비온 후 젖은 길가 담벼락에 거미가 오르고 미끄러지기를 반복하고 있었습니다. 저희 어렸을 때는 거미가 많아서 그런 광경을 흔히 볼 수 있었지요. 그 거미를 보고 어떤 이는 '저 거미는 대단하구나. 끝까지 불굴의 의지로 포기할 줄 모르네!' 하고, 어떤 이들은 '바보 같은 거미구나! 포기하지……', '옆으로 돌아가면 되지. 왜 저리 힘들게 담을 오르나?'라는 생각을 했답니다. 똑같은 거미를 보고도 불굴의 의지와 노력으로 올라간다 생각한 사람은 자신도 그런 성공적인 인생을 살았다고 합니다.

미국 유명대학교 졸업생들의 30년 뒤 삶을 추적하여 얼마나 성공했는지 알아 봤더니 성공은 반드시 성적순은 아니었다고 합니다. 활짝 웃는 얼굴로 졸업앨범을 찍은 사람들 중에 성공한 사람이 많았다고 하지요.

　인생을 어떻게 바라보고 사느냐가 정말 큰 차이를 만듭니다. 긍정적인 마음으로 불굴의 의지를 갖고 살아가는 것이 정말 중요합니다. 이런 자세로 올 한해 더 열심히 살아 봅시다.

reply

● 사물과 현상을 어떻게 바라보고 받아 들이냐가 정말로 중요하다고 생각합니다. 저는 먼 훗날 제 아이들에게 아버지는 좌절과 실패를 두려워하지 않는 분이셨다는 평가를 받고 싶습니다. 새해를 맞아 후회 없는 한해를 살기 위해 더 열심히 노력하겠습니다. (from JYS)

- -

● 세 벽돌공 이야기가 떠오릅니다. 어떤 사람이 벽돌 일을 하고 있던 벽돌공을 보고 "무슨 일을 하고 있소?" 물었답니다. 아무 생각 없이 "벽돌을 쌓지요" 라고 답한 사람, 그저 "벽을 만들고 있지요" 라고 답하는 사람이 있었습니다. 그중 유독 즐겁게 일하고 있는 사람이 있어서 물어보니 "큰 성당을 짓고 있습니다!" 라고 자랑스럽게 말하더랍니다.

　똑같은 벽돌을 다루고 있지만 고된 노동이라 여기는 사람과 멋진 건축물을 창조한다고 생각하는 사람의 차이가 얼마나 큰지요. 저도 마지막 벽돌공처럼 긍정적이고 즐겁게 살려고 노력하지만 생각처럼 잘 되지 않더군요. 오늘 편지를 보며 부지불식간에 게을러졌던 마음을 다시 다잡아 봅니다. (from KYJ)

감사하면 행복해진다 🍃

최근 제가 만난 분들 중 한 가지 공통적인 이야기를 해 주시는 분이 여럿 있었습니다. 처음 분은 저보다 훨씬 선배이신데요, 요즘 매일 감사한 일 한가지씩을 일기에 쓴다고 하시더군요. 참 좋은 습관이고 본받아야겠다고 생각했습니다.

얼마 후 다른 분을 만났는데 그분은 하루에 다섯 가지씩 감사한 일을 찾아 적는다고 하셨습니다. 습관이 되니 삶이 더욱 풍성해지고 행복해졌다고 하시더군요. 미래도 긍정적으로 보게 되고 더 발전하는 것 같다고 하셨습니다.

그리고 며칠 전 만난 다른 분은 매일 감사한 일 오십 가지를 찾아 적는다고 하셨습니다. 오십 가지를 쓰는 것 자체도 힘들 것 같은데, 참 대단하시더군요.

감사하기가 참 쉽지 않은 것 같습니다. 저는 오십 가지는 쉽지 않고 요즘 매일 다섯 가지 감사하기를 시작했습니다. 하루를 마감하며 잠들기 전 오늘 있었던 일과 감사할 점을 노트북에 써 봅니다. 가만히 하루를 돌아보면 참으로 많은 일이 가슴에 와 닿고 다음 날 아침을 감사한 마음으로 시작하게 되더군요.

하루하루를 어떻게 보내느냐가 인생에서 참 중요하지요. 감사한 일이 없는 듯해도 찾아보면 의외로 많더군요. 감사로 시작하여 감사로 끝나는 하루하루가 모이면 인생이 풍성해지고 기쁨이 충만해질 것입니다. 여러분도 감사한 일 찾기를 시작해보지 않으시겠어요?

reply

● 얼마 전 배우 김혜자씨가 감사 일기를 쓴지 천일이 지났다는 이야기를 듣고 따라해본 적이 있습니다. 감사하지 못하고 지나친 사소한 일들과 당연하게 여겼던 상대방의 배려가 보이기 시작하더군요. 매일 아침을 맞이할 수 있고, 매일 만날 수 있는 동료들이 있으며, 매일 찾아와주시는 고객님들이 계시고 평소처럼 오늘 하루를 마무리할 수 있음에 감사하는 마음이 생겼습니다. 예전에는 힘들고 어렵게 하는 고객들은 다시는 안 왔으면 좋겠다고 생각한 적도 있었는데, 이제는 제 마음을 담금질해 주고 일하는 방식도 개선하게 해 주는 고마운 약藥이 되는 고객이라 여기며 감사하고 있습니다. (from KHK)

- -

● 구상 시인의 '꽃자리' 라는 시가 떠오릅니다.

그 자리가 꽃자리니라
시방 그대가 앉은 자리가
가시방석이라 하더라도
바로 그 자리가
꽃자리니라

신입 때는 일할 자리가 있고 월급을 받아 자립할 수 있음이 참 감사했는데, 시간이 흐르니 하나둘 불만이 늘어가는 제 자신을 발견하곤 합니다. 저도 오늘부터 감사제목을 찾아 적어 봐야겠습니다. (from CKI)

운이 좋았다고 감사하기 🍃

마쓰시타 전기 창업자인 마쓰시타가 신입사원을 뽑을 때 항상 하는 질문이 있었다고 합니다. 바로 '당신은 지금까지 운이 좋았다고 생각하느냐?'라는 것입니다. '운이 좋았다'라고 대답한 사람은 출신학교와 성적이 안 좋아도 합격을 했고, '운이 나빴다'라고 대답한 사람은 일류대학을 나오고 성적이 좋음에도 불합격 당했다고 합니다. 왜 그랬을까요?

저는 그동안 이 유명한 일화의 한 측면만 알고 있었습니다. 운이 좋았다고 답한 사람은 그만큼 긍정적이고 낙관적인 사람으로 열심히 일할 수 있기 때문에 사원으로 뽑았다는 해석이지요.

그런데 최근 어느 책에서 새로운 해석을 알게 되었습니다. 바로 운이 좋았다고 답한 사람은 그동안 자기 실력이나 능력만으로 산 게 아니라 주변의 도움이 있었음을 인정하고 감사하는 마음을 가진 사람이라는 겁니다. 결국 마쓰시타 고노스케씨는 주변을 돌아볼 줄 알고 감사하는 마음을 가진 사람이 진정 회사를 위해 열심히 일할 수 있고 결국 성공할 수 있다고 보았기에 소위 '스펙'이 부족해도 신입사원으로 뽑은 것이지요. 고노스케씨의 혜안慧眼에 저도 깊이 공감합니다.

감사하는 마음을 갖고 노력하는 사람은 언젠가는 반드시 자기 목표를 이루고 성공할 수 있습니다. 자기 능력과 생각만으로 오늘의 내가 있는 것이 아니라 주변에 나를 도운 많은 분들이 있었음을 잊지 않고 감사하며 살아야겠습니다. 이번 한 주, 내 인생에 감사하는 분들을 떠올려 보며 오랜만에 안부를 전해보면 어떨까요?

---

reply

● 가슴에 너무나 와 닿는 글귀입니다. 부족한 제게도 옆에서 많은 도움을 주시는 분들이 계셔서 항상 행운이 따르는 것 같습니다. 내 능력과 생각만으로 오늘의 내가 있는 것이 아니라 주변에 나를 도운 많은 분들이 있었다는 것을 잊지 않고 감사하며 살아가겠습니다. (from HSY)

- -

● 어떤 채용담당자가 온라인 구직자 면접을 하며 업무 조건을 설명합니다.
"하루 24시간, 일 년 365일 무휴로 일하고 연봉도 없습니다. 하지만 세상에서 가장 중요하고 보람찬 직업입니다. 지원하시겠습니까?"
구직자들은 당황하며 무슨 일이냐고 묻습니다. 인사담당자가 답하지요.
"엄마!"
그제야 사람들은 고개를 끄덕이며 웃거나 눈물을 짓습니다. 최근 감명 깊게 본 인터넷에 올라온 동영상입니다. 희망편지를 읽으면서 어머니와 아버지가 떠올랐습니다. 오늘의 저를 있게 해 주신 가장 고마운 분이자 제 인생 최대의 행운은 제가 저희 부모님의 아들이라는 것입니다. 오늘 저녁, 오랜만에 집에 전화 한 통 해야겠습니다. 정말 사랑한다고요. (from CMY)

작은 희망이 큰 행복으로 🍃

여러분들, 우리가 다 함께 희망을 갖고 변화를 추구하면서 가장 필요한 덕목이 무엇일까요? 제가 오래전에 모셨던 어느 존경하는 분께서 업무를 하면서, 또 살면서 가장 중요한 것이 뭐냐고 물으신 적이 있습니다. 저는 그때 신뢰라고 답했습니다. 살면서 사람 간의 신뢰를 지키는 것이 가장 중요하다고요. 함께 질문을 받은 동료들은 정직, 성실, 소통, 열심, 근면 등 여러 가지 답을 한 기억이 나네요. 그분의 답변은 '열정'이었습니다. 사실 그분은 여러 기관의 장을 하시면서 많은 변화와 혁신을 이루어 낸 유명하신 분입니다. 그분이 가장 강조하신 덕목이 바로 열정이었습니다.

변화를 추구할 때는 우리가 가진 모든 것을 던져서 해야 합니다. 뜨거운 마음, 집중하는 정신력, 열정은 다시 말해 애정이 용솟음쳐서 자신의 모든 것을 혼심을 다해 추진하는 힘이라고 생각합니다. 열정을 갖고 목표를 향해 나아갈 때 변화와 소통이 일어나고, 서로를 사랑하며 신뢰하는 조직이 될 수 있다고 봅니다. 열정의 긍정적 힘은 전염력이 강하기 때문이지요. 열정 없이는 아무것도 이룰 수가 없습니다. 열정의 힘을 믿으세요.

열정을 갖고 우리의 목표에 도전합시다. 열정을 갖고 우리 자신을 사랑하고 조직을 사랑합시다. 뜨거운 사랑이 넘치는 그런 조직, 추진력과 행동력이 강한 그런 조직을 만들어갑시다. 뜨거운 열정을 갖고 변화와 혁신을 추구합시다. 다 함께 희망을 행복으로 만들어갑시다.

reply

● 저는 사무엘 울만Samuel Ullman의 '청춘'이란 시를 좋아합니다. 시인은 청춘은 인생의 어떤 한 시기가 아니라, 어떤 마음가짐이며, 장미 빛 볼, 붉은 입술이 아니라, 강인한 의지와 풍부한 상상력, 불타는 열정이라고 하지요. 이것이 없다면 때로는 스무 살 청년보다 예순 살의 노인이 더 청춘일 수 있다고 노래합니다. 우리의 기개氣槪가 낙관주의의 파도를 잡고 있는 한, 여든 살로도 청춘의 이름으로 죽을 수 있는 희망이 있다고 시인은 말하죠. 힘들 때 읽으면 정말 위안이 되고 가슴을 뜨겁게 하는 시입니다. 매주 월요일 희망편지도 바쁜 일상에 지쳐 잠들어 있는 청춘의 힘을 되살리게 해 줍니다. 희망과 열정의 힘으로 이번 한 주도 열심히 살아 보렵니다. (from CSJ)